KB144926

방법은 모르지만

돈을 많이 벌 예정

 021   와인

방법은 모르지만
돈을 많이 벌 예정
신지민

;

특별한 날에 와인을 따는 것이 아니라
와인을 따는 날이 특별한 날이야.

영화 〈사이드웨이〉 중에서

와인은 대체로 좀 까다롭고 어려운 술이라는 선입견이 있죠. 바디감이 어쩌고, 타닌이 어쩌고, 산지가 어쩌고, 품종이 어쩌고, 관련 지식이 많아야 제대로 즐길 수 있을 것 같은 느낌적 느낌이 들고요. 맥주나 소주에 비해 가격도 비싸고 어쩐지 고급스럽기도 하고 말이에요.

그러나 우리는 우리의 주머니 사정과 관계없이 와인 라벨은 읽을 줄 몰라도 됩니다. 그저 가끔 특별한 날 혹은 무언가 기념하고 싶은 날, 마트에서 1~2만 원짜리 와인 한 병 사다가 치킨이랑 떡볶이랑 맛있게 마셔본 사람이라면, 누가 와인을 따라준다고 하면 잔을 들고 받아야 하나 내려놓고 받아야 하나 고민해본 적 있는 사람이라면, 향을 음미하는 척 괜히 와인잔을 코에 대고 빙빙 돌려본 사람이라면, 그렇게 와인을 잘 모르지만 친해지고 싶다면 잘 찾아오셨습니다.

이 책에 수록된 생활밀착형 유쾌한 에피소드들은 어쩐지 와인을 조금 더 만만하게 만들어주거든요. 외향적이고, 미래지향적이며, 감정적이고, 체계적인 ENFJ가 와인을 좋아하면 생기는 일들이 첫 장부터 마지막 장까지 가득합니다. 가령 큰맘 먹고 산 고가의 와인잔을 뽁뽁이에 싸서 지하철을 타고 씩씩하게 식당에 간다거나, 한껏 취해 집에 돌아와 그 잔이 든 가방을 습관처럼 내동댕이쳐 산산조각 낸다거나, 다음 날 울면서 똑같은 잔을 다시 주문한다거나 하는….

그 이후 결국 와인 캐링백을 구비하고, 집에는 냉장고만 한 와인 셀러를 들이면서, '우당탕탕' '왁자지껄' 취미를 조금씩 발전시켜가는 과정이라고 하면 좋을까요. 그러면서도 기자라는 직업정신이 발휘된 탓인지, E로 시작하여 J로 끝나는 MBTI 덕분인지, 단순히 좋아하는 것에 그치지 않고 더욱 심오하게 빠져들어 탐구하고 섭렵하기에 이릅니다. 물론, 즐겁게 계획적으로요!

다시 한번 강조하지만 우리의 주머니 사정, 그것은 하나도 중요하지 않습니다. 우리는 모두 '방법은 모르지만 돈을 많이 벌 예정'이니까요. 세상은 넓고 맛있는 와인은 많다고요!

Editor 김지향

차례

새로운 인생을 열어줄지도 모르니까

대학 졸업을 유예하고 언론사 입사 시험을 준비하던 때였던 것 같다. 학교 근처에 '문샤인'이라는 와인바가 생겼다. 이곳은 만 원대의 와인도 있다며 입간판을 세워놓고, 돈 없는 취준생들의 마음을 설레게 했다. 소주도, 맥주도, 막걸리도 지겨웠던 나는 큰맘 먹고 가장 싼 와인을 시켰다. 정확히 기억은 안 나지만 아마 19,900원짜리 칠레 와인이었을 것이다. 그때의 소감은 '가성비가 떨어진다'는 것이었다. 분명 맛은 있었다. 소주보다도, 맥주보다도, 막걸리보다도. 하지만 젊은 날의 내 주량으론 쉽게 취하지도 않았고, 더 많이 마시자니 비쌌다.

그렇게 와인은 가성비가 떨어지는 술이라는 인식을 하면서도 좋은 날엔 문샤인에 갔다. 당시 나는 그저 차갑게 마시는 술이 최고였어서 레드 와인을 칠링 바스켓에 넣어 마시기도 했다. 와인 서빙 온도에 아주 예민한 지금의 나로선 상상도 할 수 없는 일이었다.

칠레 와인 말곤 마셔본 것이 없던 내가 차츰 와인에 관심을 갖게 된 것은 이탈리아 여행을 갔을 때였다. 아니, 이 나라는 왜 물도 돈을 받는 거야? 심지어 탄산수가 하우스 와인보다 비쌌다. 탄산수라는 이상한 물은 도무지 먹고 싶지 않았고, 물을 돈 주고 마시기엔 아까웠다.

어쩌겠나. 그렇다면 와인을 마셔야지. 동생과 나는 매 끼니 물 대신 와인을 시켰다. 각자 한 잔씩 마시기도 했고 하프 보틀로 달라고 하기도 했다. 어떤 와인인지 확인해볼 생각도 못했다. 그저 잔에 따라져 나온 와인을 즐겁게 마셨을 뿐이다. 물과 가격이 비슷한 저렴한 와인이었지만, 자신들의 요리와 어울리는 와인을 내놓은 것일 테니 맛이 없을 리 없었다. 우리는 매일 와인에 취한 상태로 로마, 피렌체, 베네치아 곳곳을 돌아다녔다.

하지만 이때까지만 해도 와인이라는 '요물'이 내 인생에 이렇게 지대한 영향을 주게 될지는 몰랐다. 인생 와인을 만나기 전까지는.

"당신에게 '인생 와인'은 무엇인가요?" 누군가 내게 이렇게 묻는다면, 단언컨대 '오퍼스 원'이라고 대답할 것이다. 이 와인 덕분에 나의 와인 인생이 시작됐으니까. 사회 초년생이었던 어느 겨울날, 인터뷰로 알게 된 취재원이 나와 동료 기자들을 초대했다. 그분은 좋은 자리에서 고마운 분과 함께 마시고 싶어 가져왔다며 '오퍼스 원'을 꺼냈다. 이 와인에 대해 아는 게 전혀 없던 나였지만, 마시는 순간 '그동안 마셨던 와인은 뭐지?' 하는 충격을 받았고, '와인은 거기서 거기고, 다 비슷하다'는 편견이 와장창 깨졌다.

식당의 소믈리에는 이 와인에 대해 "중요한 계약이 성사됐을 때처럼 좋은 날 마시는 와인"이며 "레스토랑에서는 100만 원 가까이 한다."라는 설명을 덧붙였다. 오, 가격을 듣고 나니 더욱 맛있는걸! 그러나 물론 단순히 가격 때문만은 아니었을 거다. 오래전에 미국에서 사 온 와인을 셀러에 보관해놓았다가, 좋은 날 함께 마시고 싶었다던 그분의 마음 덕분이었을 거다.

물론 인생 와인을 만났다고 해서 내가 또다시 100만 원 가까이 하는 와인을 마실 수는 없었다. 나는 가성비가 좋다는 와인부터 차례대로 마셔보기 시작하면서 차츰 와인의 맛에 눈을 뜨기 시작했다. 그러다 프랑스 파리로 여행을 가게 되었다. 혼자 여행할 때 마실 수 있는 술로는 와인이 제격이었다. 혼자 마시기에도 민망하지 않고, 천천히 즐길 수 있는 데다, 잔 단위로 팔기 때문이다. 특히 한두 종류의 와인만 잔으로 파는 한국과는 달리 프랑스는 다양한 와인을 잔 단위로 팔았다. 가격도 용량도 고를 수 있었다. 게다가 프랑스는 캐주얼한 식당이라도 전채-메인-디저트로 구성된 코스가 있으니, 음식마다 하나씩 어울리는 와인을 골라 세 잔도 마실 수 있었다. 가격이 상당히 저렴한데도, 좋은 음식과 만나니 환상의 궁합을 보여주었다. 그때부터 와인은 어울리는 음식과 함께할 때 더욱 빛을 발한다는 사실을 자연스럽게 알게 되었다.

와인과 함께 점심식사를 끝낸 뒤, 저녁엔 까르푸에 가서 장을 봤다. 마트에도 산지별로 분류된 와인이 가득했다. 와인과 곁들일 안주는 또 얼마나 많은지. 매일 한 시간씩 와인을 구경했다. 그러곤 가장 마음에 드는 와인을 골라 소시지, 치즈, 샐러드 등과 함께 숙소에서 마셨다. 수영장에서 수영하는 사람들을 보면서, 음악을 들으면서, 한 손에 와인잔을 들고 춤을 추면서, 계속 와인을 마셨다. 혼자 하는 여행을 상상도 해본 적 없었는데, 전혀 외롭지 않았다. 다 와인 덕분이었다.

와인의 본고장, 프랑스에 왔으니 와인을 몇 병 사서 한국에 돌아가려고 마음먹었다. 당시에 내가 주로 마시던 와인은 단일 품종으로 만든 신대륙(미국, 뉴질랜드, 아르헨티나 등)의 와인이었다. 와인 판매점 직원에게 영어와 프랑스어를 어설프게 섞어가며 내가 좋아하는 스타일의 와인을 말했다. 그가 잘 알아듣지 못하자 그동안 마신 와인 중에 맛있다고 느꼈던 와인의 사진을 보여줬다. 그는 단번에 내 취향을 알아챘다. 이럴 때만큼은 유창한 언어보다 와인의 라벨이 더 많은 의미를 나타내는 법이다.

여행에서 돌아오자마자 와인을 더 알고 싶다는 마음으로 『신의 물방울』이라는 만화책을 꺼내 들었다. 처음 출간됐을 당시 몇 권 읽다 관둔 책이었다. 와인 한 잔을 마시고 나면 어떤 장면이 그려지고 어떤 음악이 들린다는 식의 묘사들이 전혀 와닿지 않았기 때문이다. 그러나 다시 읽으니, 완전히 새롭게 보였다. 와인에 관한 상식과 정보를 충실히 전달해 주었고 작가의 와인 사랑이 고스란히 담겨 있었다. 무엇보다도 재미가 있었고 당장 와인을 마시고 싶은 충동을 불러일으켰다. 이렇게 마흔 권이 넘는 만화 책 전권을 섭렵하고 나니 다른 책들도 눈에 들어왔고, 각종 강의도 들으러 다니면서 와인 공부에 재미를 붙였다. 좋은 음식과 어울리는 와인의 궁합을 찾으며 스스로 페어링도 시도하기 시작했다.

지금껏 나의 '인생 와인' 오퍼스 원을 다시 마신 적은 없다. 가격이 부담스럽기도 하지만, 지금 다시 마셔도 그때의 충격과 감동은 느낄 수 없을 것 같아 서다. 하지만 언젠가는 나 역시도 정말 좋은 날, 고 마운 누군가에게 '인생 와인'을 대접하고 싶다. 그 순간이 그의 새로운 와인 인생을 열어줄지도 모르니까. 내가 그랬던 것처럼.

억지 감동이라도 괜찮아

나는 어쩌다가 이렇게 술꾼으로 태어나 와인에 미친 사람이 된 걸까. 그 근원을 거슬러 올라가보면, 결국은 유전자다. 나는 술을 많이 마셔도 그닥 취하지 않고 다음 날 숙취로 괴로워하는 일도 거의 없는 유전자를 태어날 때부터 갖고 세상에 나왔는데, 그건 바로 아빠에게서 왔다. 내겐 여동생과 남동생이 있는데, 이들 역시 아무도 엄마를 닮지 않아 우리 모두 술꾼의 피를 그대로 물려받았다.

어릴 때부터 담배 피우는 사람하곤 말도 섞으면 안 된다며 자식을 단속하던 아빠(본인은 한때 엄청난 골초였지만 한 번에 금연에 성공한 자부심을 갖고 있다.)는 유독 술에 관해선 관대했다. 고등학교 수학여행 전날 생수병에 맥주를 담아 가려던 내게 직접 슈퍼에서 '매실마을'을 사 와 들키지 않게 담아준 사람도 아빠다. 맥주는 김이 빠지면 맛이 없고 초심자(?)들은 맛있는 술을 마셔야 좋다는 것이 그 이유였다. 뭣도 모르는 친구들이 가져온 맥주와 소주 속에 내가 들고 간 매실마을이 가장 먼저 동나 쓸데없는 자부심에 어깨가 으쓱했는데, 얼마 못 가 선생님에게 들키고 말았다.

"너 같은 모범생(엄청난 오해다.)이 술을 가져오다니 실망스럽구나. 부모님도 이 사실을 아시니?"

담임 선생님의 질문에 나는 사실대로 대답했다. 그때 선생님의 표정은 상상에 맡기는 걸로.

나의 고향이자 부모님이 살고 계신 창원에 가면, 술을 사랑하는 아빠와 삼남매, 우리를 이해 못하는 엄마까지 포함한 가족 다섯 명은 종종 술자리를 갖는다. 아빠가 자식들과 술을 마시며 느끼는 재미는 "짠!" 하고 잔을 부딪치며 '원샷'을 하는 것이었다. 그다음엔 잔이 비지 않도록 바로바로 채워줘야 했다. 어느 정도냐면 언젠가는 술을 마시다 마주 보고 앉아 있던 아빠에게 전화가 걸려왔다. 잘못 누른 것인가 했더니 "니 바쁘나?" 하고 물었다. 잔이 비었는데 안 따라주고 뭐 하냐는 거였다.

그러나 모든 술에 열려 있는 아빠도 유독 와인에는 마음을 열지 않았다. 원샷도 못하고 각자의 속도대로 마시는 와인이 좋을 리 없었다. 게다가 "아빠, 쫌! 와인은 원샷 하는 거 아니라고! 천천히 드세요!" 같은 큰딸의 잔소리까지.

아빠는 엄마와 자식들이 와인을 마시는 동안 홀로 소주를 마시는 방법을 선택했다. 그렇다고 포기할 내가 아니지. '이 좋은 걸 나만 알 수 없다'는 생각으로 자신이 좋아하는 건 남에게도 권하고 싶어 하는 성격 역시 아빠를 닮았다. 내가 좋아하니까 아빠도 좋아했으면 좋겠고, 함께 나누고 싶었다. 그래서 와인을 좋아하지 않는 사람도 좋아하게끔 만드는 나만의 방법을 써보기로 했다.

1단계. 튀김에 스파클링 와인, 삼겹살에 화이트 와인, 순대에 레드 와인을 마셔보게 한다. 와인과 음식을 맞추기 어렵다고 생각하지만, 삼겹살처럼 쉽게 접할 수 있는 음식과도 잘 어울린다는 걸 보여주는 전략이다. 이렇게 와인에 입문한 뒤 점차 피자, 치킨, 떡볶이 같은 음식에도 와인이 잘 어울린다는 것을 직접 느끼게 되면 그들도 와인을 찾게 될 것이다. 그러나 아빠는 삼겹살에 와인을 마실 바에는 소주를 마시겠다고 했다. 튀김에 스파클링 와인을 마셔보라고 하니 이번엔 사이다 같다고 했다. 피자, 치킨, 떡볶이는 원래 아빠가 좋아하지 않는 음식이라 손도 대지 않았다. 실패!

2단계. 비싼 와인이라고 설명하면 와인을 좋아하지 않는 사람도 한 번은 마셔보고 싶어 한다. 여기서 가격을 말할 땐 발품을 팔아 저렴하게 샀다고 굳이 말할 필요가 없다. 와인은 사실상 '정가'가 없는 술이지만 이럴 땐 공시돼 있는 정가를 말해도 괜찮다. 실제로 가족들과 술을 마시며 "이 와인이 얼만지 알아? 엄청 비싼 거야."라고 하자 아빠도 호기심에 눈을 빛냈다. "한 잔 줘봐라." 하고. 엄마와 동생들은 "비싸서 그런가? 맛있어."라고 했지만 아빠는 "비싼 술 마실 거면 차라리 위스키를 마시지."라고 했다. 또 실패!

3단계. 블라인드 테이스팅을 통해 어떤 와인이 맛있는 와인인지 느끼게 해준다. 와인을 좋아하지 않는 사람들이 흔히 하는 말이 있다. "와인 다 똑같지. 거기서 거기지." 아빠가 자주 하는 말이기도 하다. 그러나 신기한 점은 이들에게 여러 와인을 먹게 한 뒤 어떤 것이 가장 맛있냐고 하면 대부분 그중 가장 비싼 와인을 기가 막히게 찾아낸다는 것이다. 비싼 와인이 무조건 더 맛있다고 할 순 없지만 어떤 와인이 비싼 것으로 대접받으며 맛있다고 평가받는지는 알 수 있게 된다.

　　각각 다른 지역의 카베르네 소비뇽 두 병을 한 꺼번에 오픈한 뒤, 팔토시를 씌워(블라인드 테스트를 할 때 가장 간편한 팁이다.) 라벨을 가리고 아무런 정보도 주지 않은 채 가족들에게 각자의 취향에 무엇이 맞는지 물어보았다. 여동생은 각각 정확히 무엇이 어느 지역의 와인인지 맞혔으며, 남동생은 1번 와인이 전에 마신 와인과 같은 맛이 난다며 미국 와인을 골라냈고, 엄마는 지역은 몰라도 무엇이 더 비싼지는 감쪽같이 알았다. 그러나 아빠는 산지가 어디고 품종이 무엇이니 하는 말들에 더욱 거부감을 느낄 뿐이었다.

　　그렇다. 실패했다. 아빠에겐 이 모든 것이 통하지 않았다. 결국 내가 꺼낸 비장의 카드는 소주와 도수가 비슷한 '몰리두커 더 복서'였다. 단골 와인숍 사장님이 추천해준 와인으로, 도수가 16도에 달해 소주와 거의 비슷한 수준이라 소주파들도 좋아하는 와인이라 했다. 역시나 이 방법은 적중했다. 물론 이 때도 오징어 순대와 페어링하며 안주와 맞추는 게 어렵지 않다는 것을 보여주었고, 인터넷에 나온 정가를 보여주며 '비싼 와인'이라며 강조하면서 나의 노오오오력으로 할인을 받아 사 왔다는 말을 덧붙이긴 했다.

그때서야 알았다. 와인이 어려워서 거부감을 갖는 사람에게 산지가 어디고, 품종의 특징이 무엇이고 등의 자세한 설명은 필요 없다는 것을. 처음엔 그저 맛이 어떤지, 마음에 드는지 물어보는 거다. 만약 그 사람이 호주 시라즈 품종의 와인을 마시곤 마음에 들었다고 한다면 그다음에도 또 시라즈를 골라온다. 그때도 맛있다고 하면, "시라즈 품종을 좋아하는구나."라고 말하며 취향을 찾아준다. 이 단계까지 가면 대부분의 사람들은 관심을 보인다. 물론 아빠에게도 "아빠의 취향은 찐득한 시라즈네!" 하면서 반강제로 취향을 찾아줬다.

다음 단계는 품종은 같되 산지가 다른 와인을 추천해주거나, 같은 산지에서 다른 품종을 고르는 식으로 비교해보게끔 하면서 재미에 빠져들게 유도하는 것이지만 아직 이 단계엔 이르지 못했다. 그래도 아빠는 이제 적어도 시라즈는 안다.

당시 아빠는 조금 질렸다는 표정을 지으면서도 "이건 진짜 맛있다."고 했다. 진짜 맛있었는지 아빠를 어떻게든 와인파로 끌어들이려는 딸의 노력이 가상해서 억지 감동을 찾았는지는 모르겠다. 그래도 그때 이후론 아빠도 종종 나와 함께 와인을 마시곤 한다. 여전히 아빠의 주종 선호도에서 와인은 가장 후순위지만. 아빠, 이쯤 되면 와인에 마음 좀 열어주면 안 될까요?

엄마의 숨겨둔 포텐

"와인 셀러를 사고 싶은데…."

어느 날, 엄마에게서 걸려온 전화. 엄마는 조심스럽게 속삭였다. 이런 말을 하는 게 쑥스럽다는 듯이. 세상에! 엄마가 먼저 나에게 와인 이야기를 꺼내다니! 심지어 와인 셀러를 사겠다니! 아빠와 우리 삼남매가 술 마시는 모습만 봐도 자신이 토할 것 같다는 표정을 짓던 우리 엄마가 말이다. 그래, 이쯤되면 그동안의 작전은 성공한 듯싶었다.

엄마는 모르겠지만 사실 난 이 순간을 위해 오랜 시간 빌드업을 해왔다. 소주파인 아빠가 와인에 관심을 가지게 만드는 것도 어려운 일이었지만, 술이라는 것 자체에 대해 반감이 있고 주량도 약한 엄마는 아빠보다 더 어려운 상대였다. 하지만 난 알고 있었지. 엄마에겐 포텐이 있다는 것을. 특히 아빠가 없는 자리에서 말이다.

엄마의 포텐을 발견한 건 꽤 오래전에 엄마와 단둘이 일본 후쿠오카로 여행을 갔던 때였다. 당시 점심식사로 스시를 먹었는데, 난 맥주를 시키면서 엄마 눈치를 살짝 봤다. 뭔 대낮부터 굳이 술을 마시냐고 할까 봐. 그러나 엄마는 의외로 "스시 먹을 거면 맥주도 한잔 마셔야지." 하더니 엄마도 같은 걸로 주문했다. 물론 한 모금 마시고 나에게 넘기긴 했지만 엄마가 밖에서, 그것도 대낮에 술을 입에 대는 모습을 본 건 처음이었다.

흑돼지 교자를 팔던 집에 저녁식사를 하러 갔을 땐 더 충격적인 일도 일어났다. 엄마와 나는 각각 하이볼을 한 잔씩 시켰는데, 엄마는 그때 하이볼을 처음 마셔본다고 했다. 생각해보니 당연한 일이었다. 엄마 친구들 역시 술을 한 잔도 하지 않는 사람들인데 하이볼을 마셔볼 일이 있었겠는가. 엄마는 세상에 이렇게 맛있는 술이 있느냐고 감탄했다. 그러더니 한 잔 더 시켜 달라고 했다. 엄마가 그렇게 많이 마시는 것을 처음 봤다. 그래봤자 하이볼 두 잔이지만. 엄마는 하나도 취하지 않았다. 그때 확실히 알았다. 엄마의 포텐을. 엄마는 술이 약한 게 아니었다. 맛있는 술을 많이 마셔볼 기회가 없었던 것이다.

그 이후로 엄마에게 와인을 영업하기 시작했다. 요리 솜씨가 좋고 미각이 발달한 엄마에겐 아빠와는 또 다른 전략으로 다가갔다. 엄마는 자신의 뛰어난 미각을 칭찬해주는 것을 좋아했다. 실제로 엄마는 와인 관련 용어는 잘 몰랐지만 누구보다 맛 표현은 정확했다. "가죽 향이 난다." "왜 와인에서 파프리카 향이 나지?" 같은. 나는 산지나 품종의 특징을 머리로 알고 있다면, 엄마는 그런 특징을 모르고도 혀와 코가 먼저 반응했다. 또 여러 와인 중에 비싼 와인을 정확하게 집어내는 능력도 있었다. 나는 와인의 특징이나 비싼 맛을 잘 집어내는 엄마의 능력을 자주 열심히 칭찬했다.

"엄마는 입이 고급인가 봐. 어떻게 한 번 맛보고도 어떤 게 더 비싼 와인인지 알지?"

"엄마는 정말 맛 표현을 잘하는 것 같아."

엄마는 와인 온도에도 예민했다. 레드 와인은 13~16도에서, 화이트 와인은 6~10도에서 마시면 좋다는 것을 이론적으로 배운 것도 아니었는데 말이다. 그저 혀로, 미각으로, 본능으로 알았다. 와인 온도에 대한 유난스러움도 나와 비슷했다. 어느 정도냐면, 여름에 가족끼리 여행을 갔는데 엄마가 숙소부터 먼저 들러야 한다고 했다. 트렁크에 들어 있는 레드 와인의 온도가 너무 높아져서 냉장고에 넣어 낮춰야 한다며. 아니, 이건 내가 여행 갈 때마다 하는 행동이잖아? 역시 나와 아빠만 술에 진심인 게 아니었어. 엄마는 자신만의 방법으로 와인을 흠뻑 즐기고 있었다.

그러더니 드디어 큰 결심을 한 듯 와인 셀러를 사야겠다고 말한 것이다. 뜨거운 한여름에 레드 와인을 상온에 보관하고 싶지 않다는 것이 그 이유였다. 아, 이제 됐다! 싶었다. 여기서 내가 와인 셀러를 사드렸다고 하면 정말 멋진 결말이 되겠지만… 내가 통장 잔고를 보며 고민하는 동안 엄마는 직접 12구 짜리 와인 셀러를 주문해버렸다.

이후 와인 셀러까지 갖춘 엄마를 위해 집에 내려갈 때마다 나와 동생은 와인을 사 들고 가서 셀러를 채워드렸다. 처음엔 동생과 내가 있어야만 꺼내던 와인을 이제는 아빠와 단둘이 마시기도 한다고 했다. 아빠는 소주, 엄마는 와인을 마시기도 하고, 가끔은 스테이크를 구워 두 분이 함께 와인을 마시기도 했다고.

그런데 문제가 생겼다. 내가 채워드린 와인을 다 마시고 나면 엄마는 어디서 어떻게 와인을 사야 할지 몰라서 셀러가 텅 빈 채로 있다는 것이다. 엄마는 혼자서는 차마 와인숍에 가거나 마트에 가서 와인을 고를 자신이 없다고 했다. 직원에게 추천을 부탁하면 되지 않느냐고 했더니, 어떤 스타일을 좋아하냐는 질문에 뭐라고 대답해야 할지 모르겠다는 거였다. 집에 셀러까지 들이고 와인을 조금씩 즐기게 된 엄마에게도 '드라이하다' '타닌' '바디감' 같은 단어는 여전히 생소했다. 와인 코너를 기웃거리는 것조차도 영 어색한 엄마는 그저 딸이 와서 셀러를 채워주기만을 기다리고 있었다. 엄마 딸은 좋은 와인도 많이 마시고 신문에 와인 칼럼도 쓰고 있는데…. 정작 엄마는 내가 없으면 와인도 한 병 못 사는구나. 미안한 마음이 들었다.

　　엄마는 와인을 추천받는 방법을 알려 달라고 했다. 마트 직원에게 그 정도만이라도 말할 수 있게 말이다. 그래서 내가 알려드린 방법은 '맛있게 마셨던 와인 사진을 찍어서 보여주기'였다. 직원은 그 와인 사진만 봐도 대략적인 가격대와 산지, 품종, 특징 등을 알 수 있으니 비슷한 와인을 추천해줄 것이다. 두 번째 방법은 '비비노'라는 와인 정보 앱으로 '와인 라벨 찍어보기'였다. 해외 평균가와 가격 차이가 크게 나지 않으면서 평점이 3.8 이상이면 실패할 일은 많지 않다.

언젠가 집에 내려가면 엄마 손을 잡고 와인을 고르러 가야지. 더 이상 엄마가 와인 코너 앞에서 주춤하지 않도록.

파워 J의 엑셀 리스트

어느 일요일 오전 9시 57분. 나는 고양시 덕양구에 위치한 '라빈 리커스토어' 문 앞에 서 있었다. 오픈 시간인 10시에 맞춰 도착하기 위해서 동서울에서 차로 한 시간을 달려갔다. 집 근처에도 와인숍은 많이 있지만, 1년에 한두 번 하는 와인 장터를 놓치고 싶지 않았다. 이 와인숍은 일단 굉장히 큰 규모였기 때문에 다양한 종류의 와인을 구경하는 재미가 있는 곳이었고, 장터 기간 동안 구매하면 특가로 득템을 할 수도 있었다.

나와 함께 와인숍의 오픈을 기다리는 이들도 같은 마음이었을 것이다. 문이 열리기를 기다리는 3분 동안 우리는 동지였다. 와인에 미친 부지런한 동지들. 3, 2, 1, 땡! 문이 열렸다. 카트부터 얼른 잡고 장바구니를 장착했다. 내 뒤로 사람들이 우르르 따라 들어왔다. 3분 전의 동지는 이제부터 나의 적! 자, 전쟁 시작!

목표는 한때 품절 대란을 일으켰던 한 이탈리아 레드 와인이었다. 다른 와인과 세트로 구매하면 평상시보다 훨씬 저렴하게 구매할 수 있었다. 혹시나 품절될까 봐 잽싸게 집었다. 여기서 끝나면 좋으련만. 구매 예정에도 없었던 부르고뉴 피노누아가 날 유혹했다. 『신의 물방울』에서 '샐러리맨의 로마네 콩티'로 소개된 가성비 좋은 와인이었다. 과거에 한 번 마셔보고는 영영 구할 수 없었는데, 네가 왜 여기서 나와? 이건 운명이다. 또 장바구니에 담았다.

원하던 와인 두 병을 장바구니에 넣고 나니 주위를 돌아볼 여유가 생겼다. 대부분의 사람들이 한 손으로는 카트를 잡고, 한 손엔 '비비노'를 켜고 있었다. 나 역시 세일 소식에 홈페이지에 올라온 와인 리스트를 보고 가격을 문의한 뒤, 사야 할 와인들을 비비노 위시리스트에 저장해놓은 상태였다. 사려고 했던 와인들을 찾아서 담고, 충동적으로도 여러 개 담다 보니 금세 열 병이 넘었다. 비비노에서 평점도 찾아보고 해외 평균 가격도 비교해보면서 여덟 병으로 추렸지만, 슬슬 통장 잔고가 걱정되기 시작했다.

그러나 계산대에 줄을 선 사람들 틈에서 나는 아무것도 아니었다. 한꺼번에 몇십 병을 사는 사람도, 몇백만 원어치를 사는 사람도 꽤 있었다. 이쯤 되면 '텅장'이 된 통장 걱정보단 그들에 대한 부러움이 더 커지기 마련. 이 정도면 나는 조금 사는 편 아니냐며 합리화하고, 나도 돈을 많이 벌어 저들처럼 많이 사겠노라 동기부여까지 하면서, 성공적인 와인 쇼핑을 끝냈다.

아무리 맛있는 음식을 좋아해도 줄 서서 기다려야 한다면 안 먹고 마는 내가 오직 와인을 사기 위해서 오픈런을 하다니. 대체 왜 이렇게까지 해야 하느냐면, 와인을 조금이라도 더 저렴하게 사기 위해서다. 그런데 문제는 와인은 '정가'가 없다는 것이다. 최근에도 A 가게에서 9만 원에 팔던 와인을 B 가게에서 6만 원에 파는 것을 봤다. 같은 가게에서도 어제와 오늘 가격이 다를 때도 있다. 그렇기 때문에 조금이라도 저렴하게 판다 싶으면 일요일 새벽 기상도 불사하는 것이다.

정가가 없는데 어떻게 그 와인이 다른 곳보다 저렴하다, 비싸다 판단할 수 있을까. 나의 노트북엔 비장의 무기가 있다. 엑셀로 정리된 와인 가격 리스트다. 내가 엑셀을 자주 열어본다고 하면 대학 친구들은 코웃음을 칠지도 모른다.

나는 엑셀과 파워포인트를 잘 다루지 못한다. 핑계 같지만, 대학 때 법학을 전공한 탓이다. 법학 전공과 이걸 못하는 게 대관절 무슨 상관인가 싶겠지만 상관이 있다. 4년 내내 토론이나 발표 수업 한 번 없었고, 출석 체크도 잘 하지 않았다. 한 학기에 두 번 중간, 기말고사만 보면 됐다. 실제로 수업에 거의 안 나오다가 시험만 보러 오는 친구들도 있을 정도였으니까. 간혹 교양 수업에선 팀플과 발표 과제가 있었는데 한 팀당 파워포인트를 잘 다루는 친구들은 한 명씩 있기 마련. 말로 때우는 걸 잘하는 나는 항상 발표 담당이었다. 그러다 졸업할 때서야 단기 속성으로 워드, 엑셀, 파워포인트 자격증만 겨우 땄다. 수업을 듣고 그날 바로 시험을 치는 코스라 시험이 끝나자마자 다 잊어버린 건 물론이다.

이런 내가 와인을 좋아하게 되면서 일을 할 때보다 더 자주 엑셀을 열어보게 됐다. 두 가지 이유다. 하나는 각종 와인숍에서 보내준 와인 가격 리스트를 보기 위해서고 또 하나는 나의 실제 구매 가격 리스트를 열어보기 위해서다. 와인숍에서는 와인 이름과 할인 가격 정보가 적힌 리스트를 준다. 이런 리스트를 저장해두었다가 사고 싶은 와인이 있으면 검색해볼 수 있다.

또 내가 실제 구매한 와인들도 엑셀에 정리를 해놓았다. 이럴 때 '파워 J'의 위력이 발휘된다. (나의 MBTI는 ENFJ다.) 계획적인 데다 기록 강박증이 있는 내 성격이 이럴 땐 도움이 된다니까. 와인 이름, 날짜, 가격, 구매처, 온누리상품권이나 지역사랑상품권 적용 여부를 기록하는 거다.

와인을 사고 집에 돌아오자마자 기록해두는 나를 보며 동거인인 내 동생(파워 P)는 비웃었다. "와인까지 그렇게 일하듯이 마셔야 해?" 하지만 이게 내 성격인걸. 이런 기록의 과정이 나에겐 '일'이 아니라 그저 기쁨인걸.

이런 가격 정보를 모아두고 보면, 각 와인마다 최저가가 대략 얼마에 수렴되는지 알 수 있다. 다만 수요와 공급의 법칙에 의해 매년 가격은 달라질 수 있고, 빈티지마다 또 가격이 다르기 때문에 적당히 참고만 한다. 최저가와 크게 차이 나지 않으면 사면 되고, 최저가보다 훨씬 비싸다면 다른 와인을 사면 된다는 것이 나의 구매 법칙이다.

　찌질하다고? '꼼꼼하고 합리적'이라고 해두자. 최대한 적은 비용으로 맛있는 와인을 마시려면 이 방법밖에 없다. 세상엔 마셔야 할 와인이 넘쳐나는데 호구가 되고 싶진 않으니까.

'낮도높도'의 비법

"술은 낮은 도수에서 높은 도수로 가야 취하지 않는다."

내 인생에서 만난 최고의 주당이 내게 전수한 술에 취하지 않는 비법이다. 그 주당이 누구냐고? 예상했겠지만, 바로 우리 아빠다. 보통 술이 조금 모자란다 싶으면 "가볍게 맥주나 한잔 더 하자."라고 말하지 않는가. 아빠는 오히려 맥주가 아닌 위스키를 권하는 사람이었다. 아빠가 알려준 '낮도높도'의 효과를 굳게 믿었던 나는 이십대부터 이 비법을 설파하고 다녔다.

인생 숙취를 경험한 그날은, 역시나 아빠 말을 안 들어서 사달이 났다. 와인의 맛을 조금씩 알아가기 시작하던 어느 날이었다. 1만 원대 와인 정도도 그저 맛있고 감사했던 그땐 나의 와인 주량이 얼만큼 되는지 몰랐다. 병에 적힌 도수를 확인해봤자, 소주와 비교하면 어느 정도인지 확인할 길도 없었다. 와인이 맛있다는 이유로 콸콸 마시다 보니 나 포함 세 명이 다섯 병을 마셨다. 거기서 끝났으면 얼마나 좋으려나. 그리고 이어서 막걸리까지 마셨는데….

막걸리를 몇 병 더 마셨는지는 차마 기억이 나지 않는다. 그저 막걸리집 화장실에서 토하고, 그 와중에도 화장실 청소까지 하고 나온 것까지만 생각난다. 택시를 타고 집에 와서는 밤새도록 또 토했다. 그리고 바닥을 기어다녔다. 토하러 화장실에 가려고 일어서면 울렁거려서 서 있지도 못했을 정도니까. 머리가 아파서 한숨도 자지 못했고 그 여파가 며칠을 갔다. 벌써 10년도 더 지난 일이지만 아직도 그날의 숙취를 생각하면 끔찍하다. 하루 종일 와인과 비슷한 붉은색만 봐도 울렁거렸다.

지금 생각하면 와인을 그렇게 많이 마시고 그다음에 막걸리까지 마셨으니 당연한 벌을 받았구나 싶다. 그러나 나는 계속 같은 실수를 반복했다. 와인을 마시다 보면 이상하게 아쉬웠다. 더 마시고 싶은데 한 병을 더 주문하긴 여러모로 부담스러웠다. 결국 맥주라도 한잔 더 할래? 이런 흐름이 됐다. (다행히 막걸리를 선택하지는 않았다.) 이러면 다음 날 또 숙취를 경험할 수밖에 없고 다시는 같은 실수를 하지 않으리라 뼈아프게 결심하고도 또 반복하는 악순환에 빠지게 되었다.

난 이런 숙취의 악순환이 와인 때문이라고 생각했다. 어느 날 아빠에게 와인만 마시면 유독 머리가 아프고 주종을 섞을 때도 와인이 포함되면 숙취가 심하다고 털어놓았다. 와인을 좋아하지 않는 아빠니까 그럼 당장 와인을 끊고 다른 술을 마시라고 할 줄 알았건만, 아빠가 내놓은 해결책은 역시나 '낮도높도'였다.

"와인을 마시고 모자라면 차라리 소주나 위스키를 마셔라."

'저도수에서 고도수로 간다'는 원칙은 나 역시 동의하는 바였지만 와인을 마시고 소주나 위스키를 마실 자신은 없었다. 그리하여 나의 음주 원칙은 '같은 주종'이라는 철칙이 만들어졌고, 당연히 처음부터 끝까지 와인만 마시게 됐다. 다른 술을 섞지 않고 와인만 마시다 보니 내 주량은 와인 1병이라는 것을 알게 됐고, 그 이상 마시면 맛도 제대로 느끼지 못하고 다음 날 고통만 받는다는 것 역시 알게 됐다.

이렇게 지속적인 생체실험을 하고 나서야 와인의 억울한 누명을 벗겨주게 되었다. 와인은 죄가 없었다. 와인만 마시고도 숙취를 경험할 순 있지만 그건 '와인'을 마셔서가 아니라, 와인을 '많이' 마셔서다. 내가 마신 술이 다른 술이 아닌 와인이라서가 아니라 주종과 상관없이 그냥 술을 많이 마셔서라는 의미다.

물론 많이 마시지 않았는데도, 단 한 잔만 마셨는데도, 유독 와인에 숙취가 심한 사람도 있을 것이다. 그래서 이유가 따로 있는지 과학적인(?) 근거를 찾아보았다. 와인에 포함된 타닌, 당분, 이산화황 등이 숙취를 일으킬 수도 있다고는 하더라. 그러나 특별히 타닌, 당분, 이산화황 같은 것들에 아주 예민하게 반응하는 체질을 가진 분들을 제외한 대부분의 사람들에게 또 한번 강조하고 싶다.

우리 가슴에 손을 얹고 생각해보자. 와인과 다른 술을 섞어 마실 정도라면, 음주량 자체가 많았던 건 아니었을까. 다른 술을 섞지 않고 와인만 마셨더라도 지나치게 많이 마시진 않았을까. 결국 내가 하고 싶은 말은 와인이라는 주종 자체는 문제가 아니라는 점이다. 자신의 주량에 맞춰서 적당히 마시면 숙취 걱정은 할 필요가 없다는 너무나도 당연한 결론에 이르게 된다.

주종을 섞지 않고 내 주량만큼 와인을 마신 이후 나는 숙취를 경험한 적이 없다. 물론 소소한 노력은 한다. 이번엔 그 비법을 공개해볼까. 너무 당연한 이야기일지 모르겠지만 물을 많이 마시자. 내 원칙은 와인 한 잔에 물 한 잔이다. 화장실에 너무 자주 가게 되는 불상사(화장실에 왔다 갔다 하면서 술이 깨는 장점도 있다.)를 겪게 되긴 하지만 그래도 내일을 생각해서 과할 정도로 물을 많이 마시려고 노력한다. 이건 분명히 효과가 있는 방법이다.

또 다른 비법은 비법이라기보다는 내가 먹고 싶어서 먹는 쪽에 가깝겠지만, 어떤 메뉴와 와인을 먹든 마지막엔 탄수화물로 끝내는 것이다. 국물 요리나 볶음밥을 주로 먹는 편인데 이런 메뉴가 여의치 않을 땐 집에 돌아오는 길에 반드시 컵라면이라도 사 와서 끓여 먹는다. 단점이 있다면 다음 날 숙취는 없을지언정 몸무게는 반드시 늘어나 있다는 것.

그리고 이건 비밀이긴 한데, 와인을 많이 마시게 될 것 같은 날엔 동생의 친구의 남편의 친구인 한 의사에게 부탁해서 만든 숙취해소제 '해주단'을 미리 먹고 간다. 그리고 집에 와서도 이 약을 한 번 더 먹고 잔다. 이렇게 음주 전후로 약을 먹고 나면 확실히 숙취가 없다. 숙취해소제의 효과를 말하고 싶은 것이 아니다. 술을 마시기 전에 약을 먹는 건 취하지 않겠다는 강한 의지가 담긴 '정신 상태'를 의미하고, 술을 마신 후에도 약을 챙겨 먹을 정신이 있다는 건 '적당히' 마신 걸 의미하니까. 플라세보 효과 같기도 하지만.

여러분, 다시 한번 말씀드리지만 와인은 죄가 없습니다. '섞어서' '많이' 마시는 여러분이 죄인입니다. 덜 취하기 위해선 물을 많이 드시고, 숙취해소제도 챙겨 드시고, 탄수화물로 마무리해주소서. 어쨌든 '적당히'가 제일 중요합니다. 물론 이게 가장 어렵습니다만.

꼰대가 되지 않기 위해서

"술은 무조건 원샷이다. 절대로 꺾어서는 안 된다."

대학 입학을 앞두고 내게 '주도'를 알려주며 아빠가 한 말이었다. 아빠는 갓 스무 살이 된 딸에게 "적당히 마셔라." "취할 때까지 마셔선 안 된다." 같은 말이 아니라 "꺾지 말고 원샷을 해야 한다."고 했다. 상대의 잔이 비어 있으면 재빨리 따라줘야 하며 상대의 속도와 맞춰야 한다는 조언도 잊지 않았다.

아빠의 가르침 덕분일까. 나는 신입생 때 '술 잘 마시는 애'로 소문났다. 빼는 법이 없었기 때문이다. '짠'을 하는 족족 원샷을 했으니 당연한 결과였다. 상대의 잔도 재빨리 채워줬으며, 상대의 속도에 맞춰 나도 마셨다. 아빠와 술 트레이닝을 미리 하고 대학에 온 덕분인지 그렇게 많이 마셔도 취하지 않았다. 나는 항상 마지막 자리까지 남아 취한 친구들을 택시에 태워 보내고 멀쩡히 집에 들어왔다.

이렇게 배운 주도는 사회생활에서도 이어졌다. 처음 입사한 신문사는 지금 다니는 회사에 비해 훨씬 더 보수적인 문화의 회사였다. 회식을 자주 했는데 그때도 난 역시 '술 잘 마시는 애'로 인식되고 말 았다. 뭐, 또 여전히 뺄 줄을 몰랐고, 원샷을 했고, 상대가 빨리 마시면 나도 그만큼 빨리 마셨으니까.

당시 그 회사의 회식 패턴은 항상 똑같았다. 먼저 맥주로 목을 축였다. A 선배가 맥주를 따라주면 차례로 잔을 높이 들고 비스듬히 받는다. 그러곤 잔을 부딪치며 건배를 했다. 다음엔 바로 소주로 간다. 옆이나 앞에 앉은 사람의 잔을 채워주고 나도 받고. 또 건배를 하고. 상대의 잔이 비워지면 또 따라주고. 나도 그 속도에 맞춰서 마시고. 상대는 자꾸 잔을 비우는데, 내가 너무 안 마시고 있으면 눈치가 보여서 또 한 잔 마시고. 꼰대 같은 A 선배는 왜 이렇게 안 마시느냐며 대놓고 눈치를 주기도 했다. 그러다가 이젠 주종이 소맥으로 바뀐다. 그럼 누군가는 또 열심히 소맥 제조 공장을 자처하고, 파도를 타고, 또 몇 바퀴를 돈다. 앞 사람, 옆 사람 눈치를 계속 보면서 술이 술을 마시는 자리, 정말 신물이 났다.

나만 그런 것은 아니었을 터. B 선배가 이제부터 소주 대신 와인을 마시자고 제안했다. 당시 팀 총무

였던 내가 한 식당을 예약했고 회식비로 와인도 사서 들고 갔다. 회식이라면 무조건 싫어하는 나였는데, 그날은 조금 설렜다. 하지만 설렘도 잠시뿐.

B 선배가 와인을 따라주기 시작했는데, 처음으로 와인을 받는 후배가 잔을 두 손으로 높게 들고 맥주를 받듯 잔을 비스듬히 기울여 받는 것이 아닌가. 그가 그렇게 와인을 받기 시작하자, 다음 사람도 그 다음 사람도 잔을 두 손으로 들어 받았다. 나는 외치고 싶었다.

"제발 와인잔을 두 손 높이 들지 말아주소서!"

곧 내 차례가 올 텐데, 짧은 시간 동안 내 마음속엔 많은 내적 갈등이 있었다. 와인은 두 손으로 받는 것이 아니고 잔을 들어서도 안 된다고, 두 손으로 와인잔을 감싸쥐면 와인의 온도가 올라가버리고 얇디얇은 와인잔을 들었다가는 깨질 수도 있다고 말해도 될까. 앞서 와인을 받은 사람들이 민망해하면 어쩌지? 아는 척한다고 재수 없어 보이진 않을까? 그렇게 고민하는 사이, 몇 초가 흘렀다. 다행히도 B 선배가 "와인은 두 손으로 받지 않아도 괜찮아. 잔을 내려놔야 내가 따르기도 편해."라고 말해준 덕분에 상황은 종료되었다.

　와인을 마실 땐 어떤 것을 지켜야 할까. 일단 따라주는 와인을 받을 때 와인잔은 들지 않고 테이블에 놓아두어야 한다. 와인잔은 향과 맛을 최대한 즐길 수 있도록 얇고 투명하게 만들어졌기 때문이다. 잔을 들고 받으면 와인을 따르는 도중에 얇은 와인잔이 병에 부딪혀 깨질 수도 있다. 또 와인을 받을 땐 두 손을 사용할 필요가 없다. 잔 받침에 가볍게 손을 놀려놓으면 된다. 좀 더 예절을 표하고 싶다면 다른 한 손을 살짝 포개면 된다.

　상대방에게 와인을 따라주는 경우에는 와인잔의 제일 볼록한 부분까지 따라주면 된다. 잔의 4분의 1 또는 3분의 1 정도만 채워주는 것이다. 생각보다 와인잔의 용량은 꽤 크다. 음식점에서 가장 흔히 볼 수 있는 보르도 와인잔의 용량이 600ml 내외이기 때문에 잔을 가득 채우면 와인 한 병(750ml)이 거의 다 들어간다. 너무 많이 따랐다가는 자칫 건배를 위해 잔을 들다가 쏟을 수도 있고 와인잔의 다리가 부러지면 크게 다칠 수도 있다. 여섯 명이 와인 한 병을 마신다고 가정하면, 각자 한 잔씩 돌아가도록 여섯 잔이 나오게 따르면 된다. 단, 스파클링 와인은 예외다. 스파클링은 기포를 오랫동안 보기 위해 3분의 2까지 따르면 된다.

와인을 마실 때는 와인의 온도가 높아지는 것을 방지하기 위해 잔의 다리 부분을 잡는 것이 좋다. 새끼손가락으로 글라스의 바닥을 누르면서 잡아도 안정되게 잡을 수 있다. 만약 와인의 온도가 낮다면, 잔의 몸통을 잡아 온도를 높일 수도 있다. 와인잔을 돌리는 행위를 말하는 '스월링'은 꼭 필요하진 않다. 와인이 공기와 접촉해 향을 강하게 내기 위함이지만, 너무 많이 하면 빨리 산화될 수도 있다. 그리고 너무 과도한 스월링은 솔직히 좀 꼴불견이다!

또 건배를 할 때는 입술이 닿는 부분인 잔의 끝을 부딪쳐서는 안 된다. 제일 얇은 부분이라 쉽게 깨질 수 있기 때문이다. 제일 두꺼운 몸통을 부딪치거나, 잔을 살짝 들어올리기만 해서 상대와 눈인사를 하는 방식으로 건배를 해도 충분하다.

'와인 매너' '와인 에티켓'이라고 불리는 이것들이 복잡하고 까다로워서 짜증날 수도 있겠다. 그러나 난 이런 점들 때문에 와인이 좋다. 최소한 꼰대가 되지 않기 때문에. 일단 건배를 안 해도 되고, 원샷을 안 해도 되니까. 그러면 자신의 속도대로 마셔도 되고 상대방의 눈치를 보지 않아도 되니 얼마나 좋은가. 게다가 와인은 가격대가 있기 때문에 부어라 마셔라 할 수도 없다. 그래서 모두가 만취할 때까지, 술이 술을 마실 때까지 마시는 일도 드물다.

특히 주량이 약한 사람에겐 와인만큼 좋은 술이 있을까 싶다. 그 어느 누구도 술을 적게 마신다고 뭐라 한다거나, 원샷을 강요하지 않을 것이다. 이게 바로 진정한 '와인 매너'이자 '와인 에티켓'이니까. 그리고 솔직히 말하면 나는 상대방이 와인을 적게 마시면 고맙다. 내가 많이 마실 수 있잖아!

그를 만나러 나가지 않았더라면

— 자니?

　　새벽 2시, 일명 '구남친 타임'. 왜 남자들은 꼭 오후 2시도 아니고 밤 9시도 아니고 새벽 2시에 이런 연락을 하는 걸까. 여자들은 왜 꼭 이런 연락에 답을 해선 '사달'을 만드는 걸까. 그러나 이것은 이십 대에나 있는 일. 이십대엔 헤어진 남친들이 꼭 한 번은 연락을 했었고 시간도 어김없이 새벽 2시경이었다. 삼십대가 되고 나서는 그런 일조차 없었다. 그래서 서른다섯의 어느 날, 새벽 2시에 이런 연락을 받을 줄은 꿈에도 몰랐다. 그것도 십대 후반에 만났던 첫사랑으로부터.

　　새벽 2시면 보통은 내가 이미 잠들었을 시간이다. 그런데 그날은 이상하게도 깨어 있었고, 유튜브로 뭔가를 보고 있었다. 그런데 생각지도 못한 이름이 핸드폰 화면에 떴다. 순간 헛것을 봤나 했다. 우리는 카카오톡 아니 스마트폰이라는 게 이 세상에 있기도 전에 만나고 헤어진 사이인데, 그는 내게 카카오톡으로 메시지를 보내왔다. 헤어진 이후 여러

번 번호가 바뀌었을 텐데 용케도 서로의 연락처를
가지고 있긴 했었나 보다.

　그동안 단 한 번도 연락해온 적 없는 사람이었
다. 10년 넘도록 '구남친 타임'에도 꿈쩍없었던 그
를 어떤 의미에선 '리스펙'하기도 했다. 그랬던 그가
왜? 너도 별수 없구나, 하는 생각에 묘한 승리감도
느껴졌다. 그냥 거기서 끝이었어야 했다. 그러나 내
손은 답장을 보내고 있었다.

　— 갑자기 왜?

금세 다시 울리는 핸드폰.

　— 나, 곧 결혼해.

　아아, 정말 클리셰도 이런 클리셰가 없었다. 축
하한다고 해야 하나 어째야 하나 고민하던 찰나, 지
금 잠깐 얼굴을 좀 보자고 한다. 이성적으론 나가지
않는 게 옳았지만, 난 그때 술도 안 마셨는데 옷을
챙겨 입기 시작했다. 마지막으로 한 번만 보자는 말

이 내 마음을 흔들었다.

보여주고 싶었던 것 같다. 원하던 전공 대신 부모님의 강요에 못 이겨 법대에 진학한 후, 사법시험은 보기 싫지만 진로를 결정하지 못해 방황하던 내가 나름대로 밥벌이를 하고 산다는 것을. 우리가 함께한 첫 음주는 포도 소주였는데 이제 나는 와인을 즐기는 사람이 됐다는 것을. 그 찌질하고 서툴렀던 나는 이제 없다는 것을. 그러나 턱끝까지 차올랐던 그런 말들은 하지 못했다. 그를 다시 보고서야 알았다. 이런 말들 따윈 필요 없다는 것을. 말하지 않아도 우린 서로 너무나도 많이 성장했다는 것을 알 수 있었다. 안부와 근황을 이야기하곤 금방 헤어졌다. 아주 담백한 인사였다. 행복하라는 말이나 잘 지내란 말 같은 건 하지 않았다.

그리고 그날, 아침이 될 때까지 잠들지 못했다. 학창시절 시험 전날에도 밤을 새워서 공부하는 것보다 잘 자는 게 더 좋다며 그냥 책을 덮었던 나였다. 단 한 번도 밤을 새워본 적이 없었는데 그날은 도무지 잠이 오지 않았다. 첫사랑이 결혼하는 게 그렇게

슬픈 일인가?

아니, 그렇게 간단하기만 한 감정은 아니었다. 그와는 단 한 번도 제대로 된 마지막 인사를 해본 적이 없었다. 헤어지기로 해놓고 다시 만나고 또다시 헤어지기를 반복했고, 그조차 슬슬 지쳐갈 때쯤 누가 마지막이랄 것도 없이 연락이 끊어졌다. 그래서 언제가 진짜 끝이었는지 기억나지 않는다. 가장 마지막으로 연락을 한 것도, 가장 마지막으로 얼굴을 본 것도.

그때 알았다. 우리는 시작할 줄만 알았지 끝을 낼 줄은 몰랐던 어린 학생들이었단 것을. 그래서 그 새벽의 짧은 재회는 내게 이제 정말 마지막 인사 같은 느낌을 주었다. 그날, 한 시기의 문이 그렇게 닫혔다.

문제는 다음 날이 와인 모임을 하는 날이었다는 것. 가장 손꼽아 기다리는 월간 행사인데, 나쁜 컨디션으로 참석할 수 없었다. 조금이라도 눈을 붙여보고자 했지만 모임 시간인 저녁 6시까지 단 1초도 잠이 오지 않았다. 좀비 같은 몸으로 모임 장소인 양갈

빗집에 도착했다. 이날의 와인 리스트엔 무려 '그랑 크뤼●'가 있었다. 아직도 이름이 생생한 '도멘 뉘당 그랑 크뤼 2014'였다. 아주 유명한 것도 아니었고, 작황이 좋은 해의 빈티지도 아닌, 다른 부르고뉴 그랑 크뤼에 비하면 비교적 저렴한 가격대의 와인이었다. 그래도 내 생애 첫 부르고뉴 그랑 크뤼였고, 얼마나 기대했는지 모른다. 모임 주최자는 나였기 때문에 음식점 예약도 내가 했고, 와인 구매부터 리스트 작성까지 모두 내가 한 거였다.

그러나 나는 음식도 와인도 거의 손대지 못했다. 그랑 크뤼를 못 마시면 너무 아쉬울 것 같아서 억지로 힘을 짜내어 한 모금 마셔보았지만 아무 맛도 나지 않았다. 다른 와인이 네 병이나 더 남아 있었지만 잔에 따르지조차 못했다.

첫사랑을 잠깐 만난 대가치곤 너무나도 가혹했지만, 어쩔 수 없는 일이라 생각했다. 하지만 거기서

● 그랑 크뤼(Grand Cru)는 부르고뉴 지역의 가장 우수한 와인 등급으로, 오직 2%의 포도밭만 획득할 수 있다.

끝이 아니었다. 다음 날부터 목이 퉁퉁 붓고, 목소리가 안 나왔다. 병원에 갔더니 편도선염이라고 했다. 이때만 해도 여전히 정신을 못 차린 나는 "술은 마시면 안 되나요?"부터 물었으니 말 다했지. 의사 선생님은 증상과 먹는 약에 따라 술의 영향이 다른데, 나의 경우엔 술이 큰 영향을 줄 수 있으니 절대절대 안된다 당부했다.

일주일 정도 못 마시는 거야 괜찮겠지 생각했는데, 세상에! 편도선염은 무려 5주나 계속되었다. 믿을 수 없는 일이었다. 매일 이비인후과에 가서 편도선에 약을 바르고, 치료를 하고, 꼬박꼬박 약을 챙겨 먹고, 결국 대학병원까지 갔지만 5주나 걸렸다. 5주 동안 금주를 했다는 뜻이다.

술이라는 걸 마시기 시작한 이후로 5주나 단 한 모금도 마시지 않은 건 처음이었다. 누군가에겐 짧은 기간일지도 모르겠지만 어떤 음식이든 술 한 잔이라도 곁들이는 걸 좋아하는 내겐 상상도 할 수 없는 일이었다. 특히 와인을 좋아하게 된 이후론 더욱이 그랬다. 와인을 마시지 못하니 먹을 수 있는 음식이 제한됐다. 파스타를 키안티 같은 산미 강한 레드 와인 없이 먹자니 너무 짜게 느껴져서 패스! 양갈비를 시라나 말벡 같은 묵직한 레드 와인 없이 먹자니 느끼해서 패스! 생선회를 샴페인 같은 스파클링 와인 없이 먹자니 맛이 없어서 패스! 이러다 보니 먹을 수 있는 음식 자체가 떡볶이, 라면 같은 분식이나 한식 정도였다. 와인이 나의 식도락에 이 정도로 큰 비중을 차지하고 있었나?

그런데 겨우 5주 동안 와인을 마시지 않았다는 이유로 이십대 이후 인생 최저 몸무게를 찍었다. 술이라는 게 이렇게 무서운 것입니다, 여러분. 그래서 나는 누군가 다이어트를 한다고 하면 술부터 끊으라고 하고 싶다. (너무 당연한 소리인가요?) 그리고 나의 경우라면, 그냥 살을 안 빼고 말지 와인을 끊을 생각은 없다.

5주간의 금주 기간이 끝나고 다시 와인을 마시기 시작하자 몸무게는 순식간에 원래대로 돌아왔다. 아니, 조금 더 쪘다. 아직도 첫사랑과의 짧은 재회 때문에 그토록 아팠던 건지는 모르겠다. 새벽 이슬을 맞았고, 밤을 새웠고, 환절기였고, 여러 가지 이유가 있었겠지.

그날, 새벽 2시 전에 잠이 들어서 그 연락을 받지 않았더라면, 그래서 그를 만나러 나가지 않았더라면, 다음 날 마신 그랑 크뤼는 맛있었을까? 최소한 아무 기억이 나지 않을 만큼 아무 맛도 없진 않았겠지? 그다음 날 아침에 그의 메시지를 보고 왜 연락했을까 계속 궁금해했으려나. 이미 지나간 일이니 더 이상 생각하지 않으려 한다. 그런 날이 올진 모르겠지만 부르고뉴 그랑 크뤼도 아무렇지 않게 마실 수 있는 '어른'이 되면, 그때쯤 첫사랑을 다시 떠올려봐야지.

참, 그의 연락처는 차단했다. 아직까진 내 인생 유일무이 그랑 크뤼를 맹탕으로 만들고, 5주나 와인을 못 마시게 만든 나쁜 놈이니까.

오직 한 사람을 위한 구독 서비스

오지라퍼. '오지랖'이라는 한글 단어에 명사 혹은 동사 뒤에 붙여서 그것을 하는 사람을 뜻하는 영어 접미사 'er'을 붙인 단어로 오지랖이 넓은 사람, 남의 일에 지나치게 상관하는 사람을 이르는 말이다. 나는 남의 일에 관심이 없고 남이 내 일에 관심을 갖는 것도 싫어한다. 그러나 와인에 있어서만큼은 부인할 수 없는 오지라퍼다. 좀 더 싸게 살 수 있는데 비싼 가격으로 와인을 사 오는 사람을 보면 어떻게든 더 싸게 살 수 있는 방법을 알려주고 싶어서 발을 동동거리고, 누군가 와인을 추천해 달라고 하면 온갖 설명과 사진과 가격까지 찾아 적어줄 정도니까.

돌이켜보면 나의 오지랖 역사엔 와인 이전에 맛집이란 카테고리가 있었다. 정확히 말하면 그냥 맛집이 아니라 나만 아는 곳이지만 당신에게만 특별히 알려주고 싶은 맛집.

내가 얼마나 먹는 데 진심이냐고 하면, 과장을 조금 보태 맛있는 걸 먹으려 세상에 태어났다고 말해도 될 것이다. 자칭 미식가 타칭 대식가인 아빠가 그렇게 키웠기 때문이다. 아빠는 가족여행을 갈 때 가장 먼저 그 지역에 사는 지인이 있다면 전화를 걸어 음식점부터 추천받았다. 요즘의 표현대로라면 여행객이 아닌 로컬들이 즐겨 찾는 찐 맛집만 골라 다닌 것이다. 어릴 때부터 한 끼를 먹어도 진짜로 맛있는 걸 먹어야 한다고 보고 배운 나는 모든 사람들이 그렇게 사는 줄 알았다. 급기야 수능을 치고 논술 시험을 보러 서울의 한 대학에 갈 때도, 같은 반 친구에게 부탁해 그 학교에 다니는 선배에게 맛집을 물어볼 정도로 시험보다 맛집에 집중했다. 실제로 논술 시험을 끝내고 나와 그 선배가 추천한 학교 앞 맛집에서 밥까지 먹었는데, 그러고 불합격했다면 나의 썩은 정신 상태에 충격을 받고 이런 짓을 그만뒀을지도 모르겠다. 그러나 다행히 그 학교에 합격해 졸업까지 했기에 중요한 일을 앞두고도 맛집을 찾는 짓은 계속됐다.

　여행을 떠날 때면 맛집은 더욱 중요했다. 아침 1차 커피, 점심 2차 커피, 저녁 먹을 곳과 술집까지 모든 정해두고 떠나야 했다. 나는 당시 운전 면허가 없었기 때문에 걸어서 다닐 땐 걷기에 좋은 동선, 친구의 차로 다닐 경우엔 운전자의 심기를 거스르지 않을 정도의 동선까지 다 계획되어 있었다. 오픈 시간, 브레이크 타임, 휴무일도 모두 고려했다. 혹시나 예상치 못한 일로 그 음식점이 문을 닫을 수도 있기에 플랜 B도 당연히 마련되어 있었고. 공부나 일을 이렇게 했으면 좋으련만, 나는 오직 먹는 데만 꼼꼼한 사람이었다.

이렇게까지 먹는 데 진심이다 보니 친구들은 내게 모든 음식점 결정을 맡겼다. 나는 매번 그들의 취향과 식성을 고려해 세 가지 이상의 선택지를 마련해놓기 때문에 친구들은 고르기만 하면 됐다. 나는 내가 이런 역할을 하는 것을 즐겼다. 이것이 나의 효용감을 증명해주는 장치라 믿었는지도 모른다.

그러나 점점 서운한 일들이 생기기 시작했다. 가끔 평소에 연락을 자주 하지 않던 친구가 갑자기 어느 지역의 맛집을 추천해 달라고 할 때가 있었다. 이들의 특징은 구체적이지 않다는 거다. 몇 명이, 어떤 목적으로 만나는데, 못 먹는 음식은 무엇이고, 무엇을 선호하는지 등은 말하지 않고 그저 맛집을 알려 달라고만 한다. 적당히 거절해야 하는데 이 오지라퍼는 끝내 또 오지랖을 부리고 만다. 메모장을 연다. 최소 세 개 이상의 맛집, 가격대, 추천 음식까지 다 적어준다. 그러나 그 이후 어떤 피드백도 돌아오지 않는다. 이후 연락해서 물어보면 그들의 대답은 비슷하다. "거기는 화장실이 더러워 보여서 별로." (나는 아재 맛집을 좋아해서 화장실까진 고려하지 않는다.) "여자친구가 술을 못 마셔서 별로." (처음부터 말하지 그랬니. 나에게는 '맛집=술집'이란다.) 등등.

여행지의 맛집을 물어보는 경우엔 더욱 서운한 일이 생긴다. 나는 꼭 가봐야 할 곳과 그 근처 맛집 등 아예 구글 지도에 리스트를 만들어 친구들에게 건넨다. 한두 군데 맛집을 추천받으려다 나의 리스트를 보고 놀라는 사람들이 많다. 그러나 그들이 내가 추천한 곳 중에 가본 곳은 몇 군데나 될까. 열 곳 중에 하나라도 가봤으면 다행이다. 이유는 역시 비슷하다. "너무 피곤해서 못 갔어." "배가 안 고파서 못 갔어." "거긴 비싸서 못 갔어." 등등.

이쯤 되니 내가 누군가에게 취향을 강요하는 건 아닐까, 내가 좋아서 하는 추천도 상대에게 부담은 아닐까 하는 생각이 들었다. 모든 사람이 나처럼 먹는 데 진심일 수는 없다는 것, 먹으면 먹고 아니면 말고, 아니 애초에 먹는 것 자체가 그리 중요하지 않을 수도 있다는 것을 서른이 넘어서야 알았다.

그래서 다시는 먹는 데 오지랖을 부리지 않기로 했다. 그러나 그 다짐이 무색하게, 결국 나의 오지랖 카테고리는 와인으로 넘어가고야 말았다. 친구들이 백화점에서 '호구' 취급을 받고 비싼 와인을 사 오면 답답했다. 반값으로 살 수 있는 기회가 얼마나 많은데! 와인은 잘 모르겠다며 매번 마트 직원이 추천해 주는 와인만 마시는 친구들을 보면 오지랖을 부리고 싶어 손가락이 드릉드릉 했다.

와인은 오지랖을 부리기에 맛집보다 더욱 어려운 측면이 있다. 일단 같은 와인이라도 판매처마다 다른 가격에 파는 일이 많고, 취급하는 와인 자체도 달랐다. 내가 추천한 와인이 오늘은 있다가도 내일은 없기도 하고, 어제와 오늘의 가격이 다르기도 했다. 그래서 이제 나는 상대가 와인 추천을 요청하는 경우엔 어떤 마트에 먼저 갈 것인지부터 물어본다.

내겐 코스트코, 이마트, 롯데마트, 홈플러스 등 마트별로 추천 와인 리스트가 따로 있다. 특정 마트마다 거의 항상 판매하는 와인들이 있기 때문에 여러 종류를 추천하면 한두 개는 꼭 구할 수 있고, 가격도 대략 비슷하다.

와인 구매처가 마트가 아닐 경우엔 일이 조금 복잡해진다. 최근엔 와인 소매점이 굉장히 많이 생긴 데다 지역사랑상품권으로 할인을 받을 수 있는 곳도 많아 그 가격도 천차만별이다. 게다가 다행인지 불행인지 나는 와인의 성지라고 불리는 동네에 살고 있어 어떤 와인이든 최저가를 기준으로 구할 수 있다. 그러다 보니 섣불리 와인을 추천하기가 더 어렵다.

그리하여 나는 나만의 와인 구독 서비스를 런칭했다. 오직 단 한 사람을 위한. 그 한 사람은 바로 남동생 똘이다. (왜인지 모르겠으나 누나가 두 명 있는 남자들은 집에서 별명이 똘이더라. 내 동생도 그렇다.) 똘이는 어린 시절 입이 너무 짧아 엄마의 걱정을 독차지했던 존재다. 엄마는 나와 여동생에게 춤을 추라고 시킨 뒤 입을 벌리고 우리를 쳐다보는 똘이에게 밥을 떠먹이기까지 했다. 하지만 그랬던 똘이는 나보다 더하면 더했지 결코 덜하지 않은, 먹는 데 진심인 사람으로 컸다. 그러나 대학원생인 똘이는 와인의 세계에 눈을 뜨기엔 시간과 자금이 부족했다. 근처에 와인을 저렴하게 살 곳도 없고, 마트에 가도 뭘 사야 할지 모르겠다고 했다. 나는 똘이에게 와인 구매 비용을 받은 뒤 택배로 보내주기로 했다. 동생에게 와인을 사줄 능력까지는 안 되지만, 와인값 외의 비용은 일체 받지 않았다. 동생을 위한 와인을 사러 가기 위해 일부러 시간을 내야 하고 교통비도 써야 했지만 장차 나의 와인 친구로 만들기 위한 투자 비용이라 생각하면서.

그리하여 똘이는 매달 큰누나의 사랑(이라고 쓰고 오지랖이라고 읽는다.)이 담긴 와인 4~6병과 '와인 레터'를 받게 되었다. 다음은 내가 똘이에게 보낸 레터의 일부다.

5월의 와인 주제는 프랑스를 메인으로 한 화이트 와인 4종 비교입니다. 화이트 하면 가장 대표적인 품종 소비뇽 블랑과 샤르도네를 골랐고, 국가별, 지역별 비교도 가능하도록 했습니다. 일단 화이트 와인 하면 가장 흔히 접할 수 있는 것은 뉴질랜드 소비뇽 블랑. 산미와 상큼함 덕분에 쉽게 마실 수 있다는 장점이 있기도 하지만 이 점에 질리는 사람도 많은데요. 뉴질랜드 소비뇽 블랑과 비교해보시라고 프랑스 보르도 소비뇽 블랑을 보내드립니다.

프랑스에 와인 산지는 많지만 그래도 가장 대표적인 곳은 보르도와 부르고뉴인데요. 보르도의 화이트는 소비뇽 블랑을 메인으로 세미용이라는 품종과 블렌딩을 합니다. (그 외 다른 화이트 품종을 섞기도 하지만.) 반면 부르고뉴의 화이트는 100% 샤르도네입니다. 그러므로 프랑스의 화이트 와인 라벨(얘네는 라벨에 와인 품종을 안 적어줌.)에 보르도가 적혀 있으면 쇼비뇽 블랑과 세미용 등을 섞었겠구나 생각하면 되고, 부르고뉴가 적혀 있으면 샤르도네라고 생각하면 되겠습니다. 그리고 또 다른 지역은 론인데, 국내에서는 이 지역에서 나온 화이트보다는 레드를 많이 마시는 편이지만 비교해보시라고 론 지역 화이트도 넣었습니다. 한편 샤르도네 하면 또 미국 캘리포니아 지역이 유명하기 때문에 리스트에 추가합니다.

이 외에도 각 와인에 대한 소개와 비교 테이스팅을 할 수 있는 여러 가지 조합도 추천했다. 남동생은 이 글을 보고 처음엔 어느 와인숍에서 쓴 글을 그대로 보낸 거라고 생각했다고 한다. 그럴 리가 있겠는가. 이것은 오직 똘이만을 위한 리스트와 레터였다. 똘이는 자신의 친구들에게 "우리 누나가 직접 와인을 고르고 설명까지 쓴 건데 한번 읽어봐."라며 은근 슬쩍 자랑도 했다고 한다.

똘이는 매번 고마워하면서도 "누나는 정말 와인에 미친 것 같아. 이렇게까지 안 해줘도 되는데."라고 말했다. 그렇다. 이렇게까지 안 해도 된다. 이제는 상대의 피드백이 없어도 서운해하지 않을 것이다. 언젠가 나와 함께 와인을 마셔줄 친구를 한 명이라도 더 만들기 위한 투자일 뿐. 더 많은 사람들이 와인을 사랑하게 되었으면 하는 마음일 뿐. 그냥 내가 좋아서 이러는 거다. 나는 와인에 대해선 정말 진심이라니까.

치킨엔 맥주, 생선회엔 소주

생선회와 어울리는 와인을 찾아라! 어쩌면 내 와인 인생에서 영원한 숙제가 아닐까 싶다. 숙제라고 말하는 이유는 아직 찾지 못해서이기도 하고, 그럼에도 찾아내고 싶어서다. 생선회는 내가 가장 좋아하는 음식 중 하나고, 와인은 내가 가장 좋아하는 주종이니까. 생선이니까 화이트 와인을 마시면 되는 것 아닌가 싶지만 그렇게 간단한 문제가 아니다.

실제로 생선회에 화이트 와인을 마셨다가 음식과 와인 모두 남긴 경험도 있다. 오래전, 친구가 집에 놀러 온 날이었다. 친구에게 좋은 음식을 대접해 주고 싶어서 수산시장까지 가 싱싱한 회를 사 왔고, 와인도 꽤 비싼 샤도네이 품종으로 골랐다. 그러나 그날의 기억은 온통 '비린내'뿐이었다. 나와 친구는 회도 와인도 다 남기고 말았다.

한참이 지난 후 소믈리에에게 설명을 듣고 그 이유를 알게 됐다. 바로 오크통 숙성 때문이었다. 오크향이 생선회 등 해산물을 만나면 비린내를 극대화한다는 것. 이후에 알게 된 사실이지만, 생선회와 화이트 와인을 마실 때는 오크를 아주 적게 사용하거나 아예 사용하지 않은 와인을 골라야 한다. 오크 숙성을 했는지 안 했는지 모르겠다면 아예 저렴한 화이트 와인을 고르는 게 낫다. 고급 화이트 와인은 오크 숙성을 하는 경우가 많기 때문이다. 또 산미가 강한 소비뇽 블랑 같은 품종도 좋다.

뼈아픈 실패를 겪은 이후 생선회에 어울리는 와인 찾기는 나의 숙명이 됐다. 고향에 내려가면 우리 가족의 식탁에 빠지지 않는 단골 메뉴는 생선회인데, 와인을 마시고 싶은 나와 소주를 원하는 아빠의 대립이 매번 있었기 때문이다. 여느 때와 마찬가지로 소주가 상에 올려졌는데, 나는 비장하게 화이트 와인을 꺼냈다. "회랑 와인은 안 어울릴 것 같은데, 회에는 소주지!"라는 아빠의 편견을 바꿔주고 싶었기 때문이다. 해산물의 비린내를 극대화하는 오크향만 피한다면 회와 어울리는 와인을 찾을 수 있을 거라 생각했다. 그래서 오크 숙성을 하지 않은 샤르도네와 산미가 강한 소비뇽 블랑을 준비했다.

그러나 안 어울리는 것은 아니지만 딱히 어울린다고 말하기도 애매했다. 와인을 좋아하는 동생들마저 어느 순간 와인 대신 소주로 손이 가고 있는 것 아닌가. 난 끝까지 와인을 고집했지만, 계속 고개를 갸웃하긴 했다. 그러면서 생각했다. 언젠가는 반드시 찾아내고 말리라.

기회는 한 달에 한 번 하는 와인 모임을 통해 왔다. 우리는 콜키지 프리인 서울 신사동의 한 횟집에서 회와 어울리는 와인을 찾아보기로 했다. 샴페인, 이탈리아 프란차코르타 지역의 스파클링, 뉴질랜드의 피노그리, 미국의 리슬링을 준비했다. 가장 흔한 화이트 와인 품종인 소비뇽 블랑과 샤르도네는 제외했다.

생선회와 톡 쏘는 스파클링, 달지 않은 리슬링, 적절한 산미의 피노그리는 꽤나 잘 어울렸다. 특히 방어회와 스파클링은 유독 잘 어울렸다. 방어는 다른 생선보다도 기름기가 많은 생선이다. 기름기가 많은 음식엔 샴페인, 크레망, 카바 같은 스파클링 와인이 역시 '치트키'다. 기름기를 씻어주면서 느끼함을 잡아주고 입안을 상큼하게 해주기 때문이다.

그러나 어느 순간 그 먹성 좋던 우리가 회를 다 먹지 못하고 있음을 발견했다. 오히려 전과 튀김에 더 손이 갔다. 한두 점은 꽤 맛있었는데, 그다음엔 느끼했다. 그나마 스파클링 종류인 샴페인이나 프란 차코르타는 괜찮았지만 나머지 와인은 뭔가 아쉬움이 있었다. 마지막으로 나온 매운탕을 먹고서야 느끼함을 해소할 수 있었다. 스파클링 외에는 그 어떤 와인도 생선회와 찰떡궁합은 아니란 말인가? 하지만 모든 음식에 다 어울리는 치트키 스파클링과 생선회를 먹는 것은 비겁해 보였다. 숙제를 완벽히 끝내지 못한 기분이었다.

어디선가 고수들은 참치회와 피노누아를 즐긴 다는 말을 들었다. 그러나 선뜻 도전해볼 용기가 나지 않았다. 아무리 생각해도 생선회와 레드 와인을 마신다는 것은 꺼림칙했다. 그때 과거의 경험이 떠올랐다. 몇 년 전, 한 이탈리안 레스토랑에서 도미 카르파치오를 주문하면서 소믈리에에게 와인을 추천해 달라고 한 적이 있었다. 도미회에 유자 드레싱을 뿌려 야채와 함께 샐러드처럼 먹는 요리인데, 당연히 화이트 와인을 추천할 걸로 기대했다. 그러나 소믈리에는 이탈리아 랑게 지역의 네비올로라는 품종의 레드 와인을 추천했다. 의아해하면서 음식을 한입 먹고 와인을 마셔봤다. 음식은 음식대로, 와인은 와인대로 더욱 맛있게 느껴졌다. '고기엔 레드 와인, 생선엔 화이트 와인'이라는 선입견이 깨지는 순간이었다.

그래, 드디어 치트키를 쓰지 않고 회와 어울리는 와인을 찾을 수 있을지도 몰라! 당장 참치회를 주문해 피노누아와 함께 마셨다. 참치는 생선이지만 적당한 육즙이 있어 피노누아의 과실 풍미와 스파이시한 여운이 잘 어우러졌다. 게다가 참치는 흰살 생선에 비해선 가볍지 않은 편이고, 피노누아는 레드 와인 중에선 무겁지 않아 강도도 잘 맞았다. 설마 하는 마음으로 시도한 것이었지만 의외로 잘 어울렸다. 그러나 그뿐이었다. 섬세하고 향이 아름다운 피노누아가 참치회의 기름기에 눌려 기를 펼치지 못했다. 의외로 잘 어울린다는 것이지 베스트는 아니었단 의미다.

분했다. 생선회와 어울리는 술은 소주나 청하밖에 없는 것인가. 끝내 포기하지 못한 나는 더욱 괴랄한 조합을 찾아보기로 했다. 때는 찬바람이 불기 시작하던 초겨울, 과메기 철이었다. 과메기와 와인은 어떤가. 어쨌든 과메기도 생선이니까. 날것 대신 말린 놈이라도 어울리면 좋겠지. 과메기에 와인을 마시자고 하니, 소주파들은 기함했다. 과메기에 와인을 먹을 바에야 차라리 아무것도 먹지 않겠다고 했다.

사실 과메기에 어울리는 와인이 있을지 궁리해봐도 좀처럼 떠오르지 않았다. 과메기 같은 생선에 괜히 와인을 마셨다가 비린 맛이 부각되면 어쩜담. 고민이 될수록 기본 원칙으로 돌아가기로 했다. 기름기가 많은 음식엔 스파클링이나 산미 있는 화이트 와인이 좋고, 생선의 비린내를 피하고 싶다면 오크 숙성한 화이트 와인은 피하는 것이 좋다는 것이 앞서 말한 원칙이다.

이 원칙에 따라 소비뇽 블랑을 선택했다. 김 위에 미역을 올리고, 초장에 찍은 과메기를 올린 뒤, 쪽파와 마늘까지 올려 돌돌 만다. 그리고 산미가 쨍쨍한 소비뇽 블랑 한 잔! 기름기 가득한 쫀득쫀득한 과메기에 소비뇽 블랑의 상큼한 신맛이 어우려져 꽤나 잘 어울렸다. 그러나 역시 또 먹고 싶진 않았다.

한 번쯤 시도해보면 좋겠다는 정도? 그 이후로 나도 과메기엔 소주를 마신다.

　　나는 대부분의 음식이 와인과 잘 어울린다고 믿는 사람이다. 그러나 이제 인정하도록 하자. 분명 와인과 어울리지 않거나, 와인보다 다른 술이 더 어울리는 음식이 있긴 하다. 와인 안주로 가장 흔한 것이 치즈지만, 치즈와 와인을 맞추는 것 역시 쉽진 않다. 특히 비싼 치즈일수록 그 향이나 풍미가 강한데 이런 치즈와 와인을 마시면 치즈에 와인이 압도되어버려서 와인 맛은 기억에 남지도 않을 정도다. 비싼 치즈엔 차라리 저렴한 와인을 마시라고 권하고 싶다. 레드 와인보다는 화이트 와인이 잘 어울린다. 특히 섬세한 부르고뉴 피노누아는 치즈와 함께 마시지 않았으면 좋겠다. 또 모두가 예상하듯 역시나 향이 강한 음식은 와인의 맛을 죽인다. 소스 맛이 강한 불고기, 대부분의 중국요리나 태국요리 같은 음식 말이다. 너무 매운 음식도 마찬가지다.

　　이럴 거면 와인을 굳이 마실 필요가 있나 싶지만 앞에 말한 음식을 뺀 모든 음식이 와인과 잘 어울린다. 만약 어떤 와인을 마셔야 할지 모르겠다면 일단은 스파클링 와인이면 실패하지 않는다. 다음은 화이트, 그다음은 레드다. 스파클링, 화이트, 레드 순으로 음식과 매칭해보자.

그리고 인정하긴 싫지만 역시 치킨엔 맥주, 생선회엔 소주다.

묻지 마 선물 세트만은 제발

아빠가 추석 선물로 받았다며 예쁘게 포장된 상자를 내밀었다. 고급스러워 보이는 두툼한 상자에 와인 두 병과 오프너가 들어 있었다. 모두 프랑스 보르도 지방의 와인이었다. 불안한 느낌이 나를 엄습해왔다. "보르도 와인이 좋은 거라며? 그래서 이걸로 골랐대." 아빠는 내가 좋아할 것이라고 생각한 눈치여서 차마 이게 바로 명절 때만 등장하는 '묻지 마 보르도 세트'라곤 말하지 못했다. 일단 마셔보자고 했다. 혹시나 했지만 역시나 포도 주스에 알코올을 탄 것 같은, 한마디로 정말 노맛이었다.

나만 이런 건가 싶어 비비노에서 이 와인들을 검색해봤다. 두 병 모두 평균 가격 6,683원, 평점은 2.6이었다. "다신 마시지 않겠다." "차라리 이 와인을 보드카에 넣어 마시고 싶다."는 박한 평가들도 있었다. 아빠도 "이거 맛이 왜 이래? 이래서 와인은 어렵다니까."라며 실망한 기색을 감추지 못했다. 왜 이런 일이 생기는 걸까.

아빠의 지인은 와인 선물 세트를 사기 위해 백화점이나 마트에 가셨을 거다. 무엇을 사야 할지 몰라 두리번거리는 그에게 판매 직원이 "추천해드릴

까요?"라고 말을 걸었을 것이다. 이때 뭐라고 대답하느냐에 따라 손님의 내공이 파악된다. 아마 그는 '가성비 좋은 와인'이나 '맛있는 와인'을 추천해 달라고 했을 것이다. 아니면 와인에 대해 잘 모르니 적당히 알아서 추천해 달라고 했을 수도 있다. 이럴 때 판매 직원은 '묻지 마 보르도 세트'를 권유한다. "와인은 프랑스, 그중에서도 보르도 와인이 제일 유명한 것 아시죠? 보르도 와인은 원래 비싼데, 추석 선물 세트로 저렴하게 나왔어요." 물론 보르도 와인이 유명하긴 하다. 하지만 명절 세트엔 근본 없는 보르도 와인들이 수입사마다 한두 개씩 등장한다. 바로 아빠의 지인 같은 분들을 공략하기 위해서다.

그렇다면 와인 판매점에서 선물용을 추천받을 때 어떻게 대답해야 실패하지 않을까. 맛의 특성과 와인 산지, 품종 등 최소한의 취향과 가격대를 정해서 말하는 게 좋다. "5만 원 이하의 떫은맛이 강한 와인을 추천해주세요." "5만 원대의 미국 카베르네 소비뇽 중에서 추천해주세요."처럼 말이다. 맛없는 와인을 팔겠다고 하는 판매 직원은 없고, 손님의 예산

이 얼마인지 모르는 상태에서 무작정 '가성비'를 고려할 수도 없기 때문이다.

만약 선물을 받는 상대의 취향을 전혀 모른다면 누구나 한 번쯤 들어봤을 만한 '1865'나 '몬테스 알파' 같은 '국민 와인'들도 무난하다. 그리고 '카베르네 소비뇽'이나 '시라즈' 같은 품종 이름 정도는 기억해두면 좋다. 이 두 가지는 어디에서나 구할 수 있는 레드 와인 품종인데, 육류와 잘 어울린다. 평소 이런 품종을 안 좋아하는 사람일지라도 고기 먹을 때만큼은 생각나는 와인이기에 무난하게 마실 수 있다.

선물을 받는 상대에게 의미 있는 해의 빈티지 와인을 선물하는 것도 좋다. 예를 들어 친구의 출산 선물로 아이가 태어난 해의 빈티지 와인을 준비하는 것이다. 그 아이가 스무 살이 되어 함께 마시는 날을 기다리며. 물론 나의 친구 중 그때까지 안 마시고 버틸 수 있는 친구는 없을 것 같긴 하지만.

마지막으로 와인을 좋아하는 사람이라면, 두 병에 5만 원짜리 와인 세트보다는 5만 원짜리 한 병, 두 병에 10만 원짜리 와인 세트보다는 10만 원짜리 한 병을 좋아한다. (물론 나도 그렇다.) 요란한 포장도,

무겁기만 한 상자도, 집에 수도 없이 많을 오프너도 다 필요 없다. 좋은 와인을 고르기 위해 고민을 거듭했을 상대의 정성과 노력이 잘 전해진다면 그것으로 충분하다.

주인공이 등장하셨습니다

나의 와인 역사상 통탄의 순간이 있다. 샤토 무통 로칠드를 마셨던 날이다. 무통 로칠드는 라피트 로칠드, 라투르, 마고, 오브리옹과 함께 보르도 5대 샤토로 불린다. 특히 무통 로칠드는 샤갈, 앤디 워홀, 피카소 등 당대 최고의 작가의 그림을 와인 라벨에 사용한다. 당시 내가 마신 로칠드는 국내 화가 이우환 화백의 그림을 라벨에 사용해 화제가 됐던 2013 빈티지였다. 그 그림도 생생히 기억난다. 그러나 라벨이 생생하게 기억나면 무엇하나. 맛이 생각이 안 나는데. 앞으로 또 언제 마셔볼지 모를 5대 샤토의 와인에 대한 기억은 통째로 사라져버렸다.

　연말, 이태원에서 송년회를 하던 어느 날이었다. 좋은 부르고뉴 와인을 마을 단위별로 비교했고, 프랑스 요리도 맛있게 먹었다. 누군가 자신이 아끼던 와인이라며 무통 로칠드를 들고 왔고, 이 와인은 디캔터*에서 우리를 기다리고 있었다. 나는 계속 무

●　술의 찌꺼기를 걸러내기 위해 술통에 있는 술을 옮겨두는 다른 용기.

통 로칠드를 힐끔힐끔 쳐다보며 절대 취하지 말아야지 다짐하고 또 다짐했다. 그러나 이 친구를 기다리는 동안에도 맛있는 와인은 너무나 많았다. 로칠드를 마실 순서가 되었을 땐 이미 난 내가 아니었다. 더욱이 안타까운 건 나는 그나마 내가 무통 로칠드를 마셨다는 것, 맛이 기억이 안 나서 아쉽다는 것이라도 기억이나 하지, 이날 나와 함께 마신 이들은 아직도 자신들이 무통 로칠드를 마셨다는 것조차 기억하지 못하고 있었다. 정말 우린 그날 와인을 너무 많이 마셨다.

인간은 같은 실수를 반복하는 법. 단골 와인숍에서 샴페인 전문 강사를 모시고 단골 손님들이 모여 4주 동안 샴페인 강의를 들었던 때다. 이날은 마지막 수업이었던 만큼 수업이 끝난 후 뒤풀이가 있었다. 4주 동안 알찬 강의를 들었고 손님들끼리도 친해졌기에 훈훈한 분위기가 이어졌다. 그때 갑자기 사장님이 자신의 셀러에서 돔 페리뇽 외노테크 1996(이 와인은 이제 P2라는 명칭으로 나오고 있기 때문에 현재 시장에서 외노테크를 구하긴 힘들다.)을 꺼내 왔다. 지금의 나였다면 사장님의 손목을 잡고 "마음은 고

맙지만 얼른 다시 넣으세요. 지금 이 시점에서 마시면 아무도 기억 못해요."라고 말렸겠지만, 그때의 나는 그저 신이 났을 뿐이었다. 리델 블랙타이 잔에 담긴 돔 페리뇽 사진을 예쁘게 찍어둔 것도 그다음 날 사진첩을 보고서야 알았다. 허세 가득 담아 인스타그램에 자랑샷을 올리긴 했지만 어떤 맛인지 전혀 생각이 나지 않았다.

이런 통탄의 경험을 하고 여러 종류의 와인을 마실 때는 어떤 순서로 마셔야 할지 고민해봤다. 사실 가장 일반적인 방법은 샴페인이나 카바 같은 스파클링 와인을 제일 먼저 마시고, 가벼운 와인에서 무거운 와인으로 간 뒤, 달달한 디저트 와인으로 마무리하는 것이다. 또는 음식이 나오는 순서에 맞춰서 어울리는 와인 순으로 마실 수도 있다. 음식도 가벼운 전채요리에서 생선, 육류 순서로 먹는 경우가 많아서 순서가 대체로 맞는 편이다. 그런데 만약 쉽게 마실 수 없는 고급 와인이 등장한다면? 이 와인은 제일 먼저 마셔야 할까? 아니면 마지막에 마셔야 할까?

'주인공은 마지막에 등장한다'는 말은 와인의 세계에서도 통용되는 법칙일 것이다. 대체로 가장 비싼 와인이 주인공이 되는데, 대체로 이 와인은 마지막에 모습을 드러낸다. 비싸고 오래된 와인은 대체로 디캔팅*이 필요해 시간이 소요되기도 하고, 좋은 와인을 마지막에 배치해야 기대감도 올라가고, 메인요리와 매칭도 할 수 있기 때문이다. 그러나 나의 무통 라칠드나 돔 페리뇽 외노테크 경험처럼 정작 "그 와인의 맛은 어땠냐?"라거나 "정말 비싼 와인이 맛있냐?"라는 질문엔 대답조차 할 수 없는 경우도 있다. 주인공을 만나기 이전에 조연을 너무 많이 만난 탓이다.

그래서 나는 와인을 마시는 순서를 바꿨다. 철저히 '자본주의'에 입각해 주인공부터 먼저 만나기로 했다. 특별히 음식과의 조화에 문제가 되지 않는다면 만 원이라도 더 비싼 와인을 먼저 마시는 거다. 이렇게 하니 그 와인의 맛을 정확하게 기억할 수 있

---

* 오래 묵은 와인의 찌꺼기를 제거해 투명한 와인을 얻는 작업.

게 되었다.

그런데 또 다른 문제에 봉착했다. 와인은 제맛을 보여줄 때까지 시간이 걸리는데, 코르크를 열자마자 마셔버리니 주인공의 진짜 맛을 알기가 어려웠다. 마지막 잔을 마실 때쯤에야 그 진가가 드러났다. 또 주인공을 처음에 만나다 보니 조연급은 되고도 남을 와인들이 엑스트라로 전락하는 결과가 이어졌다. 알코올 보충용, 그 이상도 그 이하도 아닌 수준이 되면서 너무 맛이 없었다.

그래서 이제는 주인공의 등장 시점을 처음도 마지막도 아닌 중간 또는 중간보다 조금 앞으로 배치한다. 모임 장소에 도착하자마자 그날 마실 와인의 코르크를 전부 열어놓는다. 주인공이 몸을 풀 때까지 기다려주는 거다. 그러곤 샴페인이나 스파클링 와인으로 흥을 돋우고, 가벼운 화이트 와인으로 미각을 일깨운 뒤 그날의 주인공을 만난다. 주인공과 어울릴 음식은 미리 주문해놨다가 타이밍을 맞춰 함께 마신다.

와인의 맛을 잘 기억하고 싶으면 중간중간 간단

하게 기록을 하는 것도 방법인데, 취하기 시작하면 이조차도 귀찮기 마련이다. 그래도 하이라이트가 중간쯤에 있으면 그때까진 버틸 수 있다.

사실 술을 '적당히'만 마신다면 순서를 생각하며 고민할 필요도 없다는 걸 안다. 하지만 애주가에게 '적당히'는 없는 법! '적당히' 마시는 그날까진 주인공의 등장 시점도 중요할 따름이다.

전통시장에서 만나는 힙스터

당신은 사지도 않을 거면서 구경하는 걸 좋아하는 사람? 구경만 한다고 해놓고 꼭 뭔가 하나 사서 오는 사람? 난 둘 다 아니다. 오히려 뭔가를 사는 것도 귀찮아하고, 구경은 더더욱 싫어하는 편이다. 그렇기 때문에 장을 보러 마트에 가는 것도, 아이쇼핑을 하러 백화점에 가는 것도 좋아하지 않는다. 필요한 것이 있으면 가급적 온라인으로 주문하고, 급할 땐 어쩔 수 없이 오프라인 매장에서 꼭 필요한 것만 사서 나오는 편이었다.

이런 내가 유일하게 사지도 않을 거면서 구경하고, 구경만 한다고 해놓고 결국 이고 지고 오는 것이 바로 와인이다. 그런데 이 구경을 하러 가는 곳은 마트도 백화점도 아닌, 바로 시장이다. 시장에서 무슨 와인을 파냐고? 그렇다. 우리 동네에는 전통시장 안에 와인을 파는 곳이 있다. 이곳 덕분에 나는 항상 재미없는 동네라고 불평했던 우리 동네를 사랑하게 되었다.

나는 사실 망원동에서 살고 싶었다. 연남동도 좋고, 합정도 좋고. 아무튼 그 언저리에 살고 싶었다. 특히 망원동이면 제일 좋고. 일단 내가 좋아하는 에세이를 쓴 작가들은 대체로 망원동에 산다. 그들끼리 서로 친구이기도 하고, 한 동네에서 자주 만나고, 함께 놀고 마시는 에피소드들이 책에도 여러 번 등장한다. 뭔가 망원동에 살아야 작가가 될 수 있을 것 같았다. 게다가 신기한 가게도 힙한 가게도 많았고, 아기자기한 술집, 와인바도 많았다. 모름지기 힙스터란, 그리고 작가란, 망원동에 살아야 하는 법이라고 생각했다.

　그러나 현실은 망원동의 정반대, 나는 서울의 동쪽에 살고 있다. 지금은 힙스터들이 망원동에서 을지로, 을지로에서 성수로 넘어온 상태지만. 나는 성수가 아닌 광진구 구의동에 살고 있다. 이 동네로 말하자면 교통이 편리하고, 대단지 아파트가 많고, 한강도 가까워 살기는 분명 좋은 동네다. 그러나 확실히 재미는 없는 동네였다. 특별히 맛집이 있는 동네도 아니고, 힙하고 트렌디한 음식점은 찾아볼 수도 없었다. 물론 구의동에도 전통의 먹자골목이 있다. 횟집, 고깃집, 곱창집 등 한 동네에서 오래도록 영업해온 적당한 맛과 가성비를 갖춘 집들이 많았다. 하지만 동네 사람들 아니면 굳이 멀리서 찾아올 만큼은 아니었다. 나는 매번 굳이 서울의 서쪽까지 놀러 갔다. 아무도 입에 올리진 않았지만, 굳이 우리 동네에서 약속을 잡지 않는 건 친구들과 나의 암묵적인 룰이었다.

그러던 어느 날, 우리 동네 한 시장의 마트에서 와인을 판다는 소식을 들었다. '와인을 싸게 사는 사람들' 줄여서 '와쌉'이라는 네이버 카페에는 "와인 성지 다녀왔습니다."라는 인증샷과 글도 종종 올라왔다. 대형마트도 아니고 전통시장 안에 있는 식자재 마트에서 와인을 판다는 것이 믿기지 않았지만, 시장 안에 있는 '새마을구판장'이란 곳에 찾아갔다. 정말로 와인을 파는 코너가 있었다. 구판장에서 차로 10분 정도 이동하면 '조양마트'라는 식자재마트에서도 와인을 판다.

새마을구판장도, 조양마트도 와인 전문숍처럼 규모가 큰 편은 아니었지만 있을 건 다 있었다. 게다가 가격도 저렴하고, 전통시장에서 사용할 수 있는 온누리상품권도 사용할 수 있어 표시된 가격보다

10% 저렴하게 구매할 수 있으며 소득공제도 받을 수 있다. 두 마트의 성공 사례 이후 최근 비슷한 와인 판매점이 지역마다 들어서고 있기도 하다.

구판장과 함께 '고래바'라는 와인바도 우리 동네의 대표 핫플레이스다. 고래바는 새마을구판장에서 3분 거리에 위치한 곳으로 재미있는 콘셉트의 와인바다. 비교적 낮은 가격에 와인을 파는 대신 시간제로 공간 이용료를 받는다. 첫 1시간 이용료는 5,500원으로 웰컴 드링크 와인 한 잔이 제공된다. 이후에는 10분당 1,100원의 요금이 과금되는데, 아무것도 주문하지 않고 웰컴 드링크만 마시고 가도 된다. 외부에서 가져온 와인 콜키지는 1인당 5,500원. 콜키지도 많이 비싸지 않아서 처음엔 구판장에 들러 와인을 사서 가져갔다. 외부 음식도 반입 가능하고 배달시켜 먹어도 되기 때문에 그런 점을 적극 활용했다.

그러나 여기서 파는 생참치김밥, 양배추와 참깨 소스, 떡볶이 등 음식도 너무 맛있어서 굳이 그럴 필요가 없었다. 와인 리스트도 250여 종으로 다양하고 가격도 저렴한 편이라 어느 순간부터는 콜키지를 이용하지 않게 됐다. 그러나 분명 저렴하다고 생각했는데 계산하려고 보면 엄청난 금액이 나오는 매직. 시간당 이용료를 자꾸 까먹게 된다. 그럼에도 고래바를 좋아하는 이유는 이 동네를 띄운 공이 크다고 생각하기 때문이다. 고래바는 최근 '소미네'라는 와인숍도 열었다. 내추럴 와인을 주로 팔고, 시음도할 수 있으며, 간단한 와인 안주도 살 수 있다. 여기에선 크롭티에 와이드 팬츠를 입은 힙스터들을 주로볼 수 있다.

구판장, 조양마트, 고래바, 소미네는 '힙'과는 거리가 멀었던 동네를 완전히 바꾸어놓았다. 젊은 사람들이 시장으로 찾아오기 시작했고, 이 동네를 '와인의 성지'로 불리게 만들었다. 구판장이나 조양마트에서 산 와인을 들고 가서 고래바에서 마시면 딱이다. 시장 인근엔 아기자기한 마카롱 가게, 빵집, 와인바, 멕시칸 레스토랑, 수제 버거집 등 젊은 감각의 새로운 가게가 많이 생겼으니 여기서 음식을 사먹어도 좋겠다.

굳이 와인을 사서 가기 귀찮다면 고래바에서 파

는 와인을 주문해도 된다. 고래바에서 마신 와인이 마음에 들었다면, 소미네에 가서 와인을 사서 귀가해도 좋고.

나 역시 와인을 사러 동네 시장에 자주 드나들게 되면서, 시장을 구경하는 재미도 알게 됐다. 장칼국수와 열무비빔밥이 맛있는 곳, 10개 2,000원짜리 만두가 순식간에 다 팔리는 곳, 그 자리에서 돈가스를 바로 튀겨주는 곳, 훈제 오리 바비큐를 반 마리만 사도 배부르게 먹을 수 있는 곳, 직접 만든 김말이 튀김과 떡볶이가 맛있는 곳 등 셀 수도 없을 만큼 맛집들이 많다는 것을 알게 되었다. 가격이 저렴하고 양도 많은 것은 말할 것도 없고. 나는 시장에서 와인은 물론 안주까지 산다. 시장에선 나처럼 한 손엔 와인, 한 손엔 먹을거리를 들고 돌아다니는 젊은이들을 자주 볼 수 있다.

시장에서 쓸 수 있는 온누리상품권을 누가 왜 만들었는지 모르겠지만, 지역 소상공인을 살리고 대형마트가 아닌 동네 시장을 활성화할 의도였다면, 완전 성공이다. 온라인 쇼핑몰만 이용하고 시장 한

번 가본 적 없던 나 같은 사람이 이제는 시장 구석구석 무슨 가게가 있는지 다 알고, 인근 식당까지 다 꿰뚫고 있을 정도가 됐으니까. 딱히 살 것이 없어도 구경하는 재미를 알게 됐고, 구경하러 갔다가 뭐 하나라도 사서 오게 되었으니까. 물론 이 모든 것의 시작이 시장에서 파는 와인 덕분일 거라곤 그 누구도 예상하지 못했겠지만.

다 그럴 만한 이유가 있다

120만 원짜리 와인을 일회용 종이컵에 마시면 어떤 맛이 날까? 영화 〈사이드웨이〉에서 주인공 마일즈는 무미건조한 삶을 살아가지만 와인을 마실 때면 삶의 활력을 되찾는 남자다. 그는 1961년산 보르도의 샤토 슈발 블랑을 무척 애지중지한다. 참고로 슈발 블랑은 2016년 빈티지 기준으로 따져도 120만 원대를 호가하는 고급 와인이다. 마일즈는 이 와인을 10주년 결혼기념일에 마시려고 아껴뒀고, 이혼 뒤에도 전처와의 재결합을 기다리며 따지 않았다. 그러나 재혼한 전처가 임신했다는 말을 듣고는 혼자 패스트푸드점에 가서 햄버거를 먹으며 일회용 컵에 슈발 블랑을 따라 마신다. 이 영화가 말하고 싶었던 것은 아무리 좋은 와인이라도 어떤 상황에서 누구랑 함께 마시는지가 중요하다는 것이었겠지만 정작 내 기억에 남은 것은 슈발 블랑을 일회용 컵에 따라 마시는 충격적인(?) 장면이었다. 아니, 어떻게 슈발 블랑을 종이컵에 따라 먹냐고!

와인을 마실 때 중요한 세 가지가 있다. 와인 맛을 더욱 빛나게 해줄 맛있는 음식, 함께 즐거움을 나눌 수 있는 사람, 그리고 와인잔이다. 집에서 혼술을 자주 하는 사람이라면 특히 마지막 요소인 와인잔이 중요하다. 맛있는 음식이야 시켜 먹으면 되고, 사람은 줌으로 만나면 되지만, 와인잔을 대체할 수 있는 것은 없다.

와인잔이 그렇게까지 중요하냐고? 와인잔은 향과 맛을 최대한 즐길 수 있도록 얇고 투명하게 만들어졌다. 대체로 와인잔의 두께는 2mm 안팎으로 아주 얇다. 크기와 모양도 다 다르다. 마시기에 적정한 온도, 와인과 혀가 닿는 위치, 향을 품는 기능 등을 고려해 만들었기 때문이다. 와인잔은 크게 보르도, 부르고뉴, 화이트, 스파클링, 디저트 용으로 나눌 수 있고, 좀 더 깊이 들어가면 품종이나 산지별로 세분화된 잔들도 있다.

와인잔 하면 가장 먼저 떠오를 듯한 가장 일반적인 잔은 바디감 있는 레드 와인에 적합하다. 와인을 담는 공간인 볼이 훨씬 더 넓은 잔도 있는데, 이런 잔은 상대적으로 섬세한 레드 와인에 적합하다. 화이트 잔은 레드 잔보다 상대적으로 크기가 작다. 차게 마셔야 하니 와인 온도가 빨리 올라가지 않게 하기 위해서다. 스파클링 와인이나 샴페인 잔은 볼 폭이 좁고 긴 형태인데, 찬 온도를 유지하고 올라오는 기포를 오랫동안 보면서 즐기도록 하기 위해서다. 위스키잔과 소주잔이 작은 것처럼 당도와 알코올 도수가 높은 디저트 와인잔은 더 작다.

하지만 이론은 이론일 뿐 나 역시 와인잔의 중요성을 제대로 인식하진 못했다. 두께가 얇을수록 좋고, 종류별로 다른 잔을 쓰면 좋다는 것쯤이야 막연히 알고 있지만 실제로 맛이 얼마나 다른지는 직접 체험해보지 못했으니까. 내 통장 잔고는 좋은 잔까지 갖출 만큼의 한도를 허락하지 않았다. 좋은 잔을 사봤자 금방 깨트려버리고 말 텐데 그 돈으로 와인이나 한 병 더 사 먹지 하는 마음이었다.

그러다 와인잔의 세계에 빠져든 건 그저 '섹시해서'였다. 난 한 와인잔을 보고 첫눈에 반해버렸다. 와인잔을 보고 섹시하다는 감정을 느낀 건 처음이었다. 우연히 와인숍에서 본, 당장이라도 깨질 것처럼 얇디얇은 유리에 와인 한 병이 다 들어갈 정도로 큰 볼, 그것을 받치고 있는 아주 가느다란 손잡이. 바로 잘토 부르고뉴 잔이었다.

하지만 섹시하다고 덜컥 사버릴 순 없었다. 결코 저렴하지 않은 가격도 가격이지만, 너무 얇아 쉽게 깨진다는 단점이 더 부담스러웠다. 주위에 딱 한 번 쓰고 깼다는 사람도 넘쳐났고 난 누구보다도 덜렁대는 사람이니까. 게다가 동거인인 동생이 격렬히 반대했다. "설거지하다 깨면 어쩌려고 그래?" 둘이 함께 사는 우리는 생활비를 절반씩 부담하는데 이런 비싸고 깨지기 쉬운 와인잔에 돈을 보탤 순 없다는 거였다.

그러나 동생의 만류에도 불구하고 나는 질러버리고 말았다. 나 자신을 위해 이 정도 셀프 선물은 할 수 있지 않냐며. 보고만 있어도 기분이 좋아질 만큼 아름다운 잔인데, 이 잔으로 와인을 마신다니 감격스러웠다. 결국 나는 잘토에서 나온 모든 종류의 와인잔을 다 사버렸다. 동생은 쓰지 않겠다고 했으니 나를 위해 딱 하나씩만 있으면 됐다.

그렇게 나는 잘토, 동생은 저렴한 잔을 사용하며 와인 생활을 이어가던 어느 날, 놀라운 일이 일어났다. 집에서 함께 와인을 마시다가 내가 "이 와인 정말 맛있다."라고 흥분하자 동생은 전혀 아니라는 거다. 서로 잔을 바꿔서 마셔보았다. 아예 다른 맛, 다른 수준의 와인이었다. 집에 있는 와인잔 전부를 다 꺼냈다. 심지어 같은 브랜드의 잔이라도 그 종류에 따라 맛이 다르게 느껴졌다. 비싸고 깨지기 쉬운 와인잔은 절대 사용하지 않겠다던 동생도 결국 잘토를 종류별로 다 사들이는 것으로 이 충격적인 실험은 끝이 났다.

　잔의 중요성을 알게 되니, 모임에 직접 잔을 들고 가는 수고로움도 감수하게 됐다. 한남동에서 유명한 스시집을 예약한 날이었다. 콜키지는 프리였지만 잔은 주지 않는다고 했다. 스시를 먹는데 샴페인을 마시지 않을 순 없지. 고민 끝에 샴페인잔을 챙겨 들고 갔다. 깨질까 봐 겁나서 신문지로 싼 뒤에 뽁뽁이까지 꼼꼼히 감았다. 스시집에 도착해 뽁뽁이를 풀고 신문지를 벗기는 과정은 조금 부끄러웠다. 주위 사람들이 다 나만 쳐다보는 것 같았다. 이렇게까지 해야 하나? 그럼에도 부끄러움은 잠시였고, 역시 잔을 들고 가길 잘했다 싶었다.

문제는 그다음이었다. 맛있게 스시를 먹고, 2차로 또 와인을 마시고, 택시를 탔다. 여기까지도 애지중지 잔을 잘 모셨다. 그런데 집에 도착하자마자 평소 습관대로 가방을 바닥에 던지고 말았다. 가방이 땅에 닿기도 전에 알았다. 망했다! 잔은 산산조각이나 있었다. 스스로가 너무 한심하고 어이가 없어서 눈물이 날 지경이었다. 이 와인잔을 하루 종일 얼마나 소중하게 모시고 다녔는데, 집에 도착하자 이런 짓을 저지르다니! 다음 날, 눈물을 머금고 같은 잔을 또 주문했다.

이쯤 되면 와인잔을 포기하라고 하겠지만, 난 다른 방법을 택했다. 아예 와인 캐링백을 샀다. 이 가방은 크기가 정말 크다. 유난스러움으로 치면 신문지와 뽁뽁이보다 더하면 더했지, 덜하지 않다. 지하철에 이 가방을 들고 탈 때면 사람들에 밀려 잔이 깨질까 봐 겁이 나기도 하지만 아직까진 건재하다.

그래서 와인잔을 안 깨고 잘 버티고 있냐고? 와인을 마신 다음 날 아침엔 거룩한 의식을 시작한다. 세제를 사용하기보다는 따뜻한 물로 잔을 세척한

후, 부드러운 리넨으로 닦는다. 전기포트에 물을 끓인 다음에 수증기가 나오면 잔을 갖다 댄다. 김이 서린 상태에서 바로 또 리넨으로 닦아준다. 이렇게 하면 잔에 광을 낼 수 있다. 이 의식은 짧게는 10분, 길게는 30분도 걸린다. 귀찮고 번거롭지만 소중한 내 새끼를 위해서라면 이쯤이야.

그러나 딜레마가 생겼다. 와인을 마신 다음 날 잔을 닦으면 이미 얼룩이 잔뜩 생겨 있었고, 거룩한 의식을 다 치뤄도 기대만큼 깨끗해지진 않았다. 와인을 마시자마자 바로 뜨거운 물로 씻고 닦는 방법이 훨씬 깨끗하게 잔을 유지할 수 있다. 그렇지만 난 술에 취한 상태인데? 잔이 깨질 것을 각오하고 더 깨끗하게 유지할 것인가, 덜 깨끗해도 안전한 방법을 택할 것인가. 아직도 이 부분에 대한 명확한 답은 내리지 못한 상태다.

그냥 유리잔에 마시면 안 되냐고? 직접 실험해 보라! 아예 다른 와인이 아닐까 싶을 정도로 차이가 난다니까! 물론 모든 종류의 와인잔을 다 가질 필요는 없다. 일단은 부르고뉴 잔이나 보르도 잔 같은 큰

잔을 추천하고 싶다. 향을 잘 품어낼 수 있어서다. 그러다 더운 여름엔 와인 온도가 올라가는 것을 막기 위해 화이트 잔을 장만하는 게 좋겠다. 샴페인 같은 스파클링 와인의 기포를 보는 재미도 있기 때문에 스파클링 잔도 있으면 좋겠지만.

꼭 비싼 잔일 필요도 없다. 슈피겔라우나 쇼트 즈위젤도 가성비 좋은 와인잔이니 이런 잔 한두 개만 갖춰도 좋다. 어쨌든 와인은 와인잔에 마시라는 건 다 그럴 만한 이유가 있는 법이다.

지상낙원으로 가는 길

"너와 함께한 시간 모두 눈부셨다. 날이 좋아서, 날이 좋지 않아서, 날이 적당해서, 모든 날이 좋았다."

드라마 〈도깨비〉에 나온 대사다. 이 대사를 듣고 많은 여성들이 가슴 설레는 동안, 나는 와인을 떠올렸다. 날이 좋아서, 날이 좋지 않아서, 날이 적당해서, 모든 날 와인을 마시고 싶었다. 비도 오고 기분도 그렇고 해서, 벚꽃이 흩날려서, 단풍이 예뻐서, 첫눈이 와서, 모든 날 와인과 함께해서 좋았다. 사실 1년 365일 매일 와인을 마시고 싶은 것 같긴 한데… 그래도 꼭 마시고 싶고, 마셔야만 하는 날이 있다면 바로 음악 페스티벌에 가는 날이다.

와인을 마셨던 수많은 날 중에 가장 기억에 남는 순간을 고르라면 2017년 10월 서울숲재즈페스티벌이다. 바람이 살랑대던 푸른 밤, 서울숲에 돗자리를 깔아놓고 가수 장필순의 〈애월낙조〉를 들으며 와인을 마셨던 그때다. 새털처럼 많은 날 와인을 마셨는데도 유독 이때가 기억에 남는 건 왜일까. 음악에 취했거나, 와인에 취했거나. 아마 둘 다였겠지.

좋은 날씨에 한강이나 공원, 옆에서 들려오는 음악까지… 분명 와인을 더 아름답게 해주는 요소가 된다. 그래서일까. 난 1년에 한두 번은 꼭 음악 페스티벌을 찾아갔고, 그때마다 항상 와인과 함께했다. 사실 와인을 마시러 페스티벌에 간다는 표현이 더 맞을지도 모르겠다. 이런 페스티벌이야말로 와인을 마시기에 최적의 장소이기 때문이다.

대부분의 페스티벌은 재활용이 가능한 용기에 음식을 가져오는 것을 허용해준다. 음료 역시 텀블러에 담아 갈 수 있다. 일단 텀블러를 여러 개 준비한다. 와인 한 병당 텀블러 두 개면 충분하다. 음식은 와인과 잘 어울리면서 식어도 괜찮은 것들 위주로 준비한다. 행사는 낮부터 밤까지 이어지기 때문에 끼니를 해결할 수 있는 만두, 샌드위치, 순대 같은 것이 좋다. 또한 치즈나 하몽, 육포 등도 들고 가기에 간편하면서도 와인과 궁합이 잘 맞는다.

와인은 텀블러에 담으면 된다지만 와인잔은 어떻게 할까. 좋은 와인잔에 유난을 떠는 나지만 페스티벌에 갈 때만큼은 예외다. 나의 넘치는 흥 때문에 와인잔을 와장창 깨버릴 수도 있으니까. 그렇다고 텀블러 그대로 마시기엔 기분이 나지 않는다. 저렴한 가격이라 깨져도 크게 아깝지 않은 유리잔이나 플라스틱 와인잔을 준비한다.

낮은 온도에서 마셔야 하는 화이트 와인이나 샴페인은 어떻게 하냐고? 나는 평소 냉동식품을 택배로 받을 때 동봉된 아이스팩을 버리지 않고 다시 얼려놓는다. 그러곤 보냉가방에 와인을 담은 텀블러를 넣고 이 아이스팩으로 감싸 들고 간다. 이렇게 하면 한낮의 뜨거운 햇볕 속에서도 시원한 와인을 즐길 수 있다.

물론 푸드트럭에서 음식도 팔고 술도 판다. 하지만 푸드트럭의 줄이 엄청나게 길어 음식을 한 번 사고 자리로 돌아오면 노래 몇 곡이 이미 끝나버린 후다. 게다가 가격도 비싼 편이다. 다른 사람들이 푸드트럭에 줄을 서서 음식과 술을 사 오는 동안, 나와 친구는 여유롭게 노래를 들으며 와인을 음미할 수 있었다.

파란 하늘 아래 돗자리를 펴놓고 라이브 공연을

들으며 와인을 마시다가 졸리면 자고, 다시 일어나서 와인을 마시고, 흥이 나면 박수도 치고 춤을 추다가, 또다시 눕는 것. 우리는 하루 종일 이 과정을 반복했다. 음악을 들으며 와인을 마셔서인지, 와인을 마시면서 음악을 들어서인지, 음악은 음악대로 와인은 와인대로 눈부시게 빛났다. 지상낙원이 따로 없었다.

코로나19의 영향으로 한동안 모든 페스티벌이 사라졌다. 최근 들어 각종 공연들이 조금씩 다시 열리고 있긴 하지만 꼭 페스티벌이 아니더라도 좋다. 우리에겐 한강을 비롯하여 곳곳에 많은 공원이 있지 않나! 돗자리와 음식, 와인 등을 준비하는 게 귀찮을지 모르지만 막상 나가보면 알게 될 것이다. 햇살이 따사로워서, 반짝이는 별이 아름다워서, 모든 날이 좋다는 것을. 아, 휴대용 스피커는 필수!

이왕 사는 거, 보태 보태!

Q: 사회 초년생인데, 경차 사려고 한다.

A: 경차 타다 사고 나면 어쩌려고.

Q: 그럼 준중형 추천해줘.

A: 옵션 넣으면 중형이랑 가격 차이 별로 안 나는데.

Q: 그럼 소나타를 살까?

A: 소나타 옵션 넣으면 그랜저급이야. 좀 더 보태서 그랜저 사.

Q: 그래. 조금 무리해서 그랜저로 갈까?

A: 그럴 바엔 제네시스지.

Q: 제네시스를 왜 사? 좀 더 보태면 외제차도 가능.

A: 그래, 벤츠 사!

과장과 비약이 있지만 이것이 바로 자동차를 살 때 걸리는 '보태보태병'이다. 갑자기 웬 자동차 이야 기냐고? 면허를 딴 지 겨우 1년 된 나는 차에 그다지 관심이 없다. 그러니 '보태보태병'은 나에게 해당되 지 않는 이야기다. 자동차뿐 아니다. 무엇이든 딱 필 요한 만큼만 내가 가진 예산에서 적당히 사는 나로

선, '이왕 사는 거' '조금 더 보태서' 같은 말들은 와
닿지 않았다.

　그러나 엉뚱하게 자동차가 아닌 와인 셀러를 사
면서 '보태보태병'이 발병했다. 셀러 없이 살다가 경
차급 소형 셀러를 사는 데도 꽤 많은 시간이 걸렸다.
고가의 와인을 셀러링●할 것도 아니고, 그럴 만한 와
인을 갖고 있지도 않았으며, 그때그때 필요한 와인
을 사서 마시면 그만이었기에 별다른 필요성을 느끼
지 못했다. 하지만 세일을 해서, 평소 궁금했던 와인
이라서, 선물을 받아서 등의 이유로 점차 와인이 쌓
여갔다.

　화이트 와인은 냉장고에 넣어두면 된다지만 레
드 와인이 문제였다. 상온에 두자니 여름엔 실내온
도가 30도를 웃돌았고 에어컨을 켜도 25도가 넘었
다. 적정 온도●●보다 10도나 높은 온도에서 마시게

● 　와인을 셀러에 장기간 보관해 숙성하는 것.

●● 　가벼운 화이트, 로제, 스파클링 와인은 5~10도, 풀바디 화이
　트, 라이트 레드 와인은 10~15도, 풀바디 레드 와인은 15~18도
　에서 마셔야 한다. 풀바디에 가까워질수록, 알코올 함량이 높
　을수록, 높은 온도에서 마셔야 한다.

되는 셈이었다. 나의 보물들은 봄과 가을엔 베란다, 여름엔 냉장고, 겨울엔 실내로 장소를 옮겨 다녔다. 해결책은? 얼른 마셔서 없애버리는 것뿐이었다.

그러다 결정적으로 셀러를 사야겠다고 결심한 건, 와인은 적정한 온도에서 마셔야 한다는 것을 몸소 깨달았기 때문이다. 미지근한 온도의 스파클링이나 화이트 와인은 입에 대고 싶지도 않다. 여름에 상온에 보관한 레드 와인을 마셨다가 알코올이 과하게 느껴져 불쾌했던 경험도 있다. 또 냉장고에 넣어두었던 레드 와인을 꺼내 바로 마셨다가 신맛이 과하게 올라오는 느낌을 받은 적도 있다.

당신이 조금이라도 부지런하고 준비성이 철저한 사람이라면 셀러 없이도 적정한 온도를 맞출 순 있다. 냉장고에 넣어둔 레드 와인은 마시기 전에 미리 꺼내 적정한 온도로 올라갈 때까지 기다리면 되고, 온도를 내려야 하는 와인이라면 바스켓에 얼음과 함께 와인을 병째 넣어두거나 와인 쿨러를 사용하면 된다. 나는 먹고 마시는 데만큼은 부지런하고 준비성이 철저한 사람이라 이 정도는 물론 할 수 있다. 그러나 내가 얼마나 와인을 자주 마시고 싶어 하는지 아직도 잘 모른다는 게 문제. 정말 갑자기 마시고 싶어지는 순간이 자꾸 생겼다. 이럴 땐 어떻게 해야 한단 말인가. 그래, 그래서 셀러를 사기로 했다. 소박하게, 경차급으로.

나: 8~12병 들어가는 셀러 사려고 한다. 캐리어에서 나온 셀러가 가성비 좋더라.

와인 선배: 이왕 살 거면 그래도 LG 사라.

나: 그래. LG에서 나온 8병짜리 사야겠다.

와인 선배: 8병짜리는 생각보다 금방 채운다. 적어도 20~30병은 들어가야지.

나: 그럼 24병짜리 사야겠다.

와인 선배: 셀러는 컴프레셔 방식으로 돌아가는 것을 사야 한다. 소형 셀러는 반도체 방식이라 의미 없다.

다행히도 이 단계에서는 '보태보태병'이 발병하지 않았다. 가성비가 좋다는 캐리어(12병)보다 두 배 비싼 LG(8병)로 사긴 했지만. 내가 산 셀러는 8도부터 16도까지 온도를 설정할 수 있었다. 레드 와인만 보관할 때는 16도로 설정했고, 화이트 와인만 보관할 때는 8도로 낮췄다. 둘 다 보관할 때는 12도에 맞췄다. 와인을 마시고 싶을 때면 언제든지 바로 셀러에서 꺼내 딱 맞는 온도에서 마실 수 있다는 것이 너무 신났다.

선물받은 좋은 와인은 아껴두었다가 천천히 마시고 싶은데도 장기 보관이 어려워서 어쩔 수 없이 마셔버린 경우가 많았는데, 셀러가 있으니 이런 문제가 해결됐다. 마실 수 있는 적기가 되지 않은 와인들은 셀러에 몇 년 묵혔다가 마시는 게 좋다. 예를 들어 바롤로 품종은 7~10년쯤 지나야 그 진가를 알아볼 수 있다고 했다. 그래서 선물받은 2013년 빈티지의 바롤로를 셀러에 넣어뒀고, 오랜 시간 아껴왔다. 원래는 2023년에 마실 계획이었는데, 2021년에 마셔버렸다는 게 함정이지만.

문제는 그다음이었다. 셀러에 빈칸이 보이면 채워놓고 싶어지는 심리 말이다. 할인 행사 때마다 와인을 사기 시작했고, 결국 화이트 와인은 셀러에서

쫓겨나 다시 냉장고로 들어가게 됐다. 언젠가는 더 큰 셀러를 사고 말리라는 소망을 품고서. 여기서 '보태보태병'이 발병하고야 말았다.

　나: 셀러 위칸과 아래칸을 다른 온도로 설정할 수 있는 셀러를 사야겠어. 컴프레셔 방식으로 작동하면 좋겠다.

　와인 선배: 그렇다면 60병짜리 이상이다.

　나: 하이얼이나 빈디스에서 나온 셀러가 가성비 좋다고 하던데.

　와인 선배: LG에서 만든 컴프레셔를 쓴다고 하니 괜찮을 거다.

　나: 그래. 빈디스 80병짜리 사야겠다.

　와인 선배: 이왕 사는 거 LG가 낫지.

　나의 셀러엔 중간이 없었다. 바로 LG에서 나온 89병짜리 와인 셀러를 질러버렸다. 분명 시작은 가성비 좋은 브랜드의 중형 셀러였는데, 어느새 "이왕 사는 거, 보태 보태!"를 외치며 비싼 브랜드(물론 이보다 훨씬 더 비싼 와인 셀러 전문 회사의 제품도 엄청 많다.)

의 셀러를 사버렸다. 그나마 내가 할 수 있는 최선의
타협은 '가정용'이 아닌 '영업용'을 사는 것이었다.
가격은 가정용보다 저렴한데, 선반 슬라이딩이 안
되고 와인잔을 보관하는 공간이 없을 뿐 실제 기능
은 같았기 때문이다.

　주문을 하자마자, 큰맘 먹고 산 셀러가 텅텅 비
어 있는 꼴을 볼 자신이 없어 마음이 초조해지기 시
작했다. 국내 최대 규모의 와인숍 중 하나로 알려진
춘천 세계주류마켓까지 차로 한 시간 삼십 분을 달
려 와인 쇼핑을 하러 갔다. 서울에서 춘천까지의 왕
복 기름값, 통행 요금, 운전을 위한 수고까지 생각하
면 전혀 합리적인 소비는 아니었지만 와인을 미리
준비해놓는 것이 셀러를 맞이하는 경건한 자세라 믿
었다.

　그러나 셀러는 오늘 주문하면 내일 도착하는 제
품이 아니었다. 나는 틈만 나면 구매처 홈페이지에
들어가 배송 현황을 확인했다. 일주일이 지나도 오
지 않자, 기존 셀러에 들어 있던 와인들과 새로 산
와인들 중 상위 8병을 골라 자리 바꾸기도 감행했
다. 상위 8병에서 탈락한 와인들은 안타깝게도 한여

름 상온에 방치될 수밖에 없었다.

결국 셀러는 2주 만에 왔다. 지금 우리 집엔 냉장고만 한 와인 셀러가 떡하니 자리를 잡고 있다. 당신이 와인바에서 흔히 보는 그 셀러를 생각하면 된다. 아마 부모님이 이 꼴을 본다면 내 등짝을 한 대 후려칠지도 모르겠다. 이렇게 큰 셀러는 왜 필요한 것이며, 와인을 89병이나 보관할 이유는 무엇이며, 대체 술을 얼마나 마시려고 이러느냐고. 그러나 나는 다 계획이 있는 여자. 완벽한 합리화를 위한 항변을 준비했다.

"셀러는 이 책의 계약금으로 샀고요, 와인에 관한 책도 쓰는데 이 정도는 마땅한 투자 아니겠습니까? 어머니!"

헛소리 같겠지만 사실이다. 게다가 셀러의 존재 자체가 나를 얼마나 행복하게 만드는지는 이루 설명할 수 없다. 하루에도 몇 번씩 셀러를 열어보고 흡족해하고 있으니까.

문제는 아직 내 셀러엔 자리가 많다는 점이다.

예상했겠지만, 나의 와인 소비 속도는 와인 저장 속도보다 더 빨라서 '밑 빠진 독'마냥 채우는 족족 빠져나가고 있다. 지금 사놓고 숙성해두었다가 몇 년 혹은 몇십 년 후에 마실 수 있는 와인도 많이 모아야 할 테고, 마시고 싶을 때 바로 꺼내 마실 수 있는 와인도 많이 사둬야겠지. 그러므로 89병을 모두 채우기 위해, 방법은 모르지만 돈을 많이 벌 예정이다.

아, 혹시 몰라서 말해두는데 나는 LG와 아무런 관련이 없다. 내돈내산.

취향의 재발견

"지금 쓰시는 그 앱 이름이 뭐예요?"

"비비노. 비(B) 아니고 브이(V)요."

언젠가부터 와인숍에 가면 흔하게 보이는 풍경. 너도나도 '비비노'라는 앱을 켜서 와인을 검색하고 있다. 누군가는 그 앱 이름이 뭔지 물어보기도 한다. 나 역시 그렇게 몇 번 알려준 적이 있다. 심지어 상대방이 앱을 다운받고 설치가 완료될 때까지 기다렸다가 간단한 사용법까지 알려주면서. 비비노는 와인 생활의 필수 동반자니까, 처음 보는 사람이라도 와인을 좋아한다면 도움이 되었으면 하는 마음으로 기꺼이 말이다.

2011년 출시된 비비노는 와인을 좋아하는 사람들에겐 익숙한 앱이다. 앱을 열고 와인 라벨을 스캔하면 그 와인이 어느 지역, 어느 와이너리, 몇 년도 빈티지 와인인지 알려준다. 세계 각국의 유저들이 이 와인을 얼마에 샀는지 입력해놓기 때문에 평균 가격도 알 수 있다.

또 그 와인을 마셔본 유저들의 평점과 리뷰를 볼 수 있어서 좋다. 평점을 매긴 유저가 많을수록 신뢰도가 높아지고, 평점이 높을수록 맛있을 가능성이 높다. 각자 입맛이 다르고 나라마다 와인 가격이 다르기 때문에 절대적으로 신뢰할 순 없지만 비비노의 평점과 평균 가격을 참고해서 와인을 사는 것은 분명 도움이 된다.

최근엔 와인 판매점에서도 비비노의 평점과 평균 가격을 마케팅에 적극적으로 활용하는 추세다. 비비노 평점이 높으니 이 와인을 구매해라, 비비노 평균 가격보다 저렴하게 파니까 이 와인을 구매해라, 하는 식으로. 그러나 평점과 평균 가격은 어디까지나 '참고'만 했으면 좋겠다. 프랑스 와인을 프랑스 현지에서 사는 것이 더 저렴한 것은 당연하다. 게다가 우리나라는 주세가 높은 편이라 일본, 홍콩 등에서 사는 것보다 와인 가격이 비싼 편이다. 그러므로 비비노 평균 가격보다 국내 판매 가격이 높을 수밖에 없다.

게다가 평점은 너무나도 주관적인 요소다. 평소 1~2만 원대 와인만 마셨던 사람이 10만 원대 와인을 마시면 훨씬 맛있다고 느낄 것이고 평점을 높게 줄

가능성이 높다. 반대로 가격 대비 품질을 중요하게 여기는 사람은 오히려 비싼 와인일수록 평가를 박하게 줄 수도 있다. (나는 후자에 속한다.) 또 평점에 대한 각자의 기준은 다를 수 있다. 동생과 나만 봐도 그렇다. 동생은 맛있다고 칭찬을 해놓고선 별점 3개를 주고, 나는 무난한 정도라고 해놓고선 별점 3.5개를 준다. 그러니 비비노의 평점을 참고는 하되 너무 의존하지는 말라고 말하고 싶다. 평점이 지나치게 낮다면 굳이 그 와인을 마실 필요는 없다는 정도로만 생각하면 좋겠다.

대부분의 사람들은 와인에 대한 정보를 얻기 위해 스캔을 해볼 뿐 별점을 매기거나 리뷰를 남기진 않는다. 하지만 이제부턴 별점을 매기고 간단하게라도 리뷰를 남겨보라고 권하고 싶다. 다른 사람의 평점에 의존하기보다 나 자신을 위한 와인 리뷰 노트로서 말이다.

나는 2018년 초부터 이 앱을 사용해왔다. 이제 비비노는 내게 와인 생활의 습관에 가깝다. 와인을 구매하면 비비노의 '셀러'에도 담아놓는다. 언제 샀는지, 얼마에 샀는지, 몇 병을 샀는지 표시해둘 수 있다. 가끔 내가 갖고 있는 수많은 와인 중에 뭘 골라야 할지 고민할 때가 있는데 굳이 실제 셀러를 열어보지 않고 비비노만 봐도 된다. 이미 가격과 지역, 품종 정보가 다 나와 있기 때문이다. 나는 이유 없이 괜히 셀러를 열어보고 내 보물들을 흐뭇하게 쳐다보며 위안을 얻는 습관이 있는데, 이 행위를 할 수 없을 땐 비비노의 목록을 열어보곤 비슷한 만족을 얻기도 한다.

와인을 마신 후에는 와인의 향, 잘 어울리는 음식, 느낌 등을 별점과 함께 남겨놓는다. 첫 잔을 마시자마자 남기기도 하고, 마시는 중간중간에 써두기도 한다. 와인 사진을 찍어두거나 메모를 해둘 수도 있지만, 비비노를 사용하지 않으면 막연히 그 와인이 맛있었다는 것만 기억날 뿐이다.

어느덧 기록해놓은 별점과 리뷰가 600개가 넘는다. 나도 처음엔 기록하는 것이 어색했다. 다른 사람의 리뷰를 읽어보면 '이 와인에서 제비꽃 향이 난다는데, 열대과일 냄새가 난다는데, 난 왜 안 나는 걸까?' 정답을 맞히지 못한 사람처럼 동동거리기도 했다. 나는 '가성비 와인'이라며 별점 5개를 줬는데 다른 사람들이 "역시 저렴한 와인은 맛이 없다."는 평과 함께 낮은 별점을 주면 괜히 머쓱해져서 나도 별의 개수를 슬쩍 낮추기도 했다.

하지만 이제는 오직 나 자신을 위한 리뷰만 쓴다. 어차피 누군가 내 리뷰를 볼 가능성도 거의 없는 데다 설령 본다고 해도 어떠한가. 내가 그렇게 느꼈으면 그만이니까. 그렇게 별점을 주고 리뷰를 쓴 와인이 차곡차곡 쌓이다 보니 나만의 데이터가 생겼다. 비비노는 내가 마신 와인을 다시 지역과 품종 등의 스타일로 나눠서 분류해주는데 이를 통해 내가 어떤 와인을 좋아하는지 취향을 재발견할 수 있었다. 비비노의 분류에 따르면 내가 가장 많이 마신 와인은 프랑스의 샴페인과 프랑스 부르고뉴의 피노누아, 오스트레일리아의 시라즈 품종이었고, 내가 평균적으로 가장 높은 평점을 준 와인은 프랑스 부르고뉴 피노누아와 미국 나파밸리 카베르네 소비뇽 품종이었다.

최근 비비노는 내가 쌓아놓은 데이터를 통해 내 취향에 얼마나 맞을지 예측해주는 기능을 도입했다. 미국 나파밸리 카베르네 소비뇽 품종의 한 와인을 찍어봤다. 내 취향에 맞을 가능성이 95%라는 문구가 떴다. 과연 비비노는 내 취향을 맞혔을까?

땡! 비비노의 예측은 전혀 맞지 않았다. 어찌 보면 당연한 실패였다. 비비노를 처음 사용할 때 나는 나파밸리 카베르네 소비뇽 품종의 와인을 자주 마셨고, 마신 것마다 내 취향에 잘 맞아서 별점 3.5~4개를 줬다. 이후엔 이 지역 와인 자체를 잘 마시지 않아서 낮은 평점을 줄 일도 없었다. 그사이에 내 취향은 변했다. 과거의 나는 오크향이 뿜뿜하고 초콜릿 맛이 두드러지는 풀바디 와인을 선호했지만 이젠 이런 스타일의 와인은 좋아하지 않는다. 이렇게 변하는 내 취향을 기록해두는 것도 재밌다. 와인에 대한 취향은 언제든지 바뀔 수 있으니까.

가끔 이런 상상도 해본다. 인공지능이 더욱 발달해서 나의 '생체 와인 주기'를 파악해주면 어떨까. 기분이 좋거나 날씨가 좋을 땐 샴페인이 당기고, 날이 추워지면 찐득한 레드 와인이 당기며, 이삼일에 한 번씩 와인을 마시고 싶다는 생각이 드는 나의 패턴을 떠올려보면 터무니없는 상상도 아닌 듯하다.

위대하신 개발자님들이시여. 비비노처럼 좋은 앱 하나 만들어주시면 이렇게 충성하는 유저도 있으니, 와인 분야도 살펴봐주시옵소서.

소믈리에의 근거 있는 자신감

"자주 가는 와인바는 어디예요?"

얼마 전, 이런 질문을 들었지만 대답할 수 없었다. 나처럼 와인을 좋아하는 사람이라면 응당 단골 와인바도 있을 것 같지만, 실제로 나는 단골 와인바가 없기 때문이다. 국내에 훌륭한 소믈리에가 얼마나 많이 존재하는지 모르는 바 아니다. 그저 내가 업장에서 와인을 주문해서 마실 만큼 경제적 여유가 없을 뿐.

업장에서 파는 와인은 소매숍에서 와인을 샀을 때에 비해 두세 배 비싸다. 물론 당연한 가격이라 생각한다. 와인을 보관하고, 잔을 제공하고, 손님에게 서빙하는 비용이 포함되어 있으니까. 그래서 내가 와인을 마실 장소를 물색할 때 항상 하는 질문은 "콜키지는 얼마인가요?"였다. '콜키지'는 '코르크 차지(Cork Charge)'를 줄인 말로, 개인이 보유한 와인을 식당에 들고 오면 와인잔 등을 제공하는 서비스에 대한 비용을 받는 것이다.

각 식당마다 콜키지 정책은 다양하다. 첫째, 콜키지를 받지 않는 '콜키지 프리(콜프)'부터 시작해서

한 병당 1만 원, 3만 원, 5만 원인 경우도 있다. 둘째, 병당이 아니라 사람당 비용을 받기도 하고, 와인 병 수가 추가될 때마다 비용을 추가로 더 받기도 한다. 잔을 교체하면 비용을 받지만, 한 잔으로 여러 와인 을 계속 마신다면 비용을 받지 않는 경우도 있다. 셋 째, 테이블당 한 병까진 '콜프'지만, 두 병째부터는 비용을 부과하는 경우도 있다. 넷째, 와인 한 병까지 는 '콜프'인 대신 식당의 와인을 반드시 한 병 주문 해야 한다거나, 식당의 다른 주류를 주문해 달라는 조건을 단 경우도 있다.

이처럼 업장마다 내세우는 콜키지 정책이 다르 기 때문에 사전에 반드시 문의해야 한다. 나는 콜키 지 정책이 합리적이라는 생각이 들면 와인을 꼭 들 고 가는 편이다. 업장에서 주문해 마시는 것보다 비 용 측면에서 훨씬 이득이라는 이유도 있지만 이미 가지고 있는 와인을 집에서가 아닌 솜씨 좋은 식당 의 요리와 즐기고 싶은 마음도 있기 때문이다.

처음엔 그저 '콜프'가 좋았다. 아니, '콜프'에 집 착했다. 최근엔 이탈리아 음식점뿐 아니라 한식, 일 식, 중식집은 물론 태국 음식점, 훠궈 전문점 등에서

도 '콜프'를 내세우는 곳들이 많아 선택의 폭도 넓어
졌다.

하지만 종종 곤란한 경우도 생겼다. 샴페인 한
병과 레드 와인 한 병을 들고 간 적이 있었는데 식당
에선 샴페인 잔을 먼저 내주었다. 이후 레드 와인으
로 바꿔 마시려고 잔을 요청하자 교체가 되지 않는
다고 했다. 잔 교체비를 내겠다고도 해보았지만, 정
책상 '1인 1잔'이어서 안 된다는 대답만 돌아왔다. 어
쩔 수 없이 레드 와인을 샴페인 잔으로 마셨다.

와인의 온도도 문제가 될 수 있다. 특히 여름에
화이트 와인을 들고 갈 경우 와인을 차갑게 하기 위
해선 얼음 바스켓이 필요하다. 이런 것들이 구비돼
있는 곳은 괜찮지만 그렇지 않은 경우도 있다. 와인
을 냉장고에 넣어 달라고 해서 온도를 낮출 순 있지
만 마시기 적당한 온도가 됐을 때는 이미 음식을 다
먹은 후가 많았다. 이 때문에 와인을 한 병만 들고
가게 된다면 레드 와인을 챙기고, 화이트 와인은 식
당에서 적당한 온도로 보관돼 있는 것을 시키는 방
법을 선택하게 되었다.

이런 경험들이 쌓여 '콜프'에 대한 집착을 버리

게 됐다. 차라리 비용을 내는 것이 눈치도 덜 보이고, 더 좋은 환경에서 와인을 마실 수 있기 때문이다. 심지어 비용이 좀 더 들더라도 식당의 와인을 시켜서 마시는 게 좋을 때도 있다. 한 식당의 와인 리스트는 그냥 만들어진 것이 아니라 그 식당의 음식과 잘 어울리는 와인을 엄선한 것이기 때문이다.

이렇게 콜키지가 전부가 아니라는 생각이 들었을 때쯤 마음에 쏙 드는 와인바를 만났다. 서울도, 부산도 아닌 엉뚱하게 창원에서 말이다. 언젠가부터 내 고향 창원에 서울이나 부산에서도 찾아간다는 와인바가 있다는 말을 들었다. '비노이스타'라는 유튜브 채널을 운영하는 소믈리에가 오픈한 '리우디'다. 창원은 관광도시도 아닌데, 사람들은 왜 굳이 창원까지 찾아가는 걸까. 엄청난 호기심과 궁금증을 품고 출발했다. 창원까지 내려가서 부모님과 저녁식사를 하지 않고 와인바에 간다고 하니 서운해하는 눈치셔서 취재라는 핑계를 대고서.

'리우디'는 창원의 맛집과 술집이 모두 모인 상남동에서 한참 떨어진 곳에 위치해 있었다. 오직 리우디만 방문하기 위해 창원에 온다면 다음 동선이나 숙박이 애매할 정도로. 소믈리에의 자신감이 느껴지기도 했다. 소믈리에는 내가 원하는 스타일의 와인을 잘 추천해주었고, 적당한 온도에서 서빙했고, 어울리는 음식까지 완벽하게 제공했다. 잔에 따른 와인 맛의 변화를 느껴보라며 여러 잔을 꺼내 마셔보게끔 배려했고, 평소 와인에 대해 궁금했던 것들에 대해서도 잘 대답해주었다. 처음으로 이런 게 소믈리에의 역할이구나, 하는 생각이 들었다. 다음엔 부모님에게 또 어떤 핑계를 대고 리우디를 찾아갈지 고민이 될 정도였다.

물론 서울에도 좋은 와인바와 훌륭한 소믈리에가 많을 테지만 리우디에서의 경험은 내게 신선한 충격으로 다가왔다. 여전히 집에서 와인을 마시는 걸 좋아하고 콜키지가 가능한 업장을 주로 찾지만, 이젠 와인바도 섭렵해나갈 생각이다. 소믈리에를 통해 다른 차원의 신세계를 경험할 수 있으니까. 나도 단골 와인바를 만들 수 있기를. 결국 와인을 더 자주, 더 많이 마시겠다는 이야기를 길게도 했다.

명절 음식 바리바리 싸 오는 이유

설 연휴가 끝났다. 고향에서 서울로 올라가는 길, 엄마가 지퍼백에 전과 튀김, 잡채 등을 열심히 넣어준다. 예전엔 명절 뒤 남은 음식을 엄마가 싸준다고 해도 한사코 거부했다. 서울에 들고 가서 냉동실에 얼려봤자 다시 꺼내 먹을 일도 요원하고, 해동시켜 먹어봤자 맛이 없을 것이니까. 그러나 이제는 두 손 들어 환영한다. 왜냐하면 명절 음식은 더없이 좋은 와인 안주이기 때문이다.

게다가 내게는 죽은 음식도 살린다는 에어프라이어가 있다! 다 식어서 눅눅한 튀김도, 상할까 봐 냉동실에 박제한 전들도 에어프라이어만 있으면 아무런 걱정이 없다. 그렇다면 명절 음식에 가장 잘 어울리는 와인은 뭘까. 다양한 명절 음식에 실패하지 않을 와인은 바로 샴페인이다. 기름기가 많은 튀김이나 전의 끝맛을 깔끔하게 잡아주고 고기나 해산물에도 잘 어울린다. 한마디로 모든 명절 음식에 잘 어울리는 만능인 셈이다.

물론 나도 처음부터 샴페인을 좋아한 건 아니었다. 5년 전 파리로 여행을 갔는데, 파리에 살고 있던 친구가 내게 "프랑스에 왔으니 샴페인을 꼭 마셔보라."는 것이었다. 그때 나는 "스파클링 와인이나 달달한 와인은 안 좋아해." 하고 시큰둥하게 말했는데, 돌이켜보면 나의 무지가 그대로 드러난 대답이었다.

첫째, 거품 나는 와인(발포성 와인=스파클링 와인)을 모두 '샴페인'이라고 부르는 경우가 많은데, 정확하게는 프랑스 상파뉴 지방에서 만든 스파클링 와인만 샴페인이다. 스파클링 와인의 범주에 샴페인이 들어 있는 셈이다.

둘째, 모든 샴페인이 달달한 건 아니다. 샴페인은 당도별로 구분할 수 있다. 달지 않은 순서대로 브뤼 나튀르(Brut Naturé)-엑스트라 브뤼(Extra Brut)-브뤼(Brut)-엑스트라 드라이(Extra Dry)-섹(Sec)-드미 섹(Demi Sec)-두(Doux)로 분류된다. 가장 보편적인 '브뤼'에서는 우리가 상상하는 단맛은 거의 느껴지지 않는다. 달지 않고 적당히 드라이한 샴페인을 마시고 싶다면 엑스트라 브뤼나 브뤼를 선택하면 무난하다.

물론 그때는 아무것도 모르고 친구의 권유에 따라 샴페인을 마셨다. 어, 하나도 달지 않네? 그때부터 샴페인의 매력에 빠져들기 시작했고 지금은 가장 좋아하는 와인 중 하나가 됐다. 이제는 한여름에도 시원한 맥주 대신 샴페인을 떠올릴 정도가 되었다.

보통 샴페인을 어려운 와인으로 생각하지만 오히려 쉽다면 쉬운 와인이다. 차갑게 마셔야 하는 술이니 와인 셀러 없이 냉장고에 보관해도 좋고, 디캔팅을 한다든가, 시음 적기를 기다리든가 할 필요도 없이 바로 따서 마시면 그만이다. 게다가 샴페인은 명절 음식은 물론 어떤 안주에도 잘 어울린다. 내가 샴페인에 즐겨 먹는 안주는 떡볶이인데, 이때만큼은 마리아주고 나발이고 필요 없단 생각이 든다. 그냥 '제일 좋아하는 음식+제일 좋아하는 와인=완벽한 궁합' 아닐까 싶다. 그리고 샴페인은 아예 안주 없이도 괜찮다.

나에겐 샴페인이 소화제 같은 역할을 해주기도 한다. 느끼한 안주를 먹었을 땐 반드시 샴페인으로 마무리를 해줘야 내려가는 느낌이 든다. 그냥 소화제를 먹으면 될 텐데 샴페인으로 내린다니, 알코올 중독자 같긴 하지만.

가장 큰 문제는 가격이다. 샴페인은 아무리 싼 것도 5만 원대고 이조차도 할인 기간이 아니면 찾기 어렵다. 이럴 땐 대안이 있다. 다른 지역의 스파클링 와인을 마시는 것이다. 샹파뉴를 제외한 프랑스의 다른 지역에서 생산되는 스파클링 와인은 대부분 '크레망(Crémant)'이라고 부른다. 스페인의 스파클링 와인은 '카바(Cava)', 이탈리아는 '스푸만테(Spumante)' '아스티(Asti)' '프로세코(Prosecco)'다. 독일은 '젝트(Sekt)'라고 부른다. 샴페인이 비싸서 부담될 때는 3만 원 이하에서 이런 대안을 찾는 것도 좋겠다.

보통 샴페인은 식전이나 식후, 그리고 축하할 일이 있을 때 축제 분위기에서 마신다. 명절 음식과 함께 샴페인을 마신다면 코리안 잔치 느낌이 더욱 살아나지 않을까. 사실 내겐 샴페인이 함께하는 모든 순간이 곧 축제다. 그리고 샴페인은 소화제니까, 음식도 더 많이 먹을 수 있겠지!

지리산 상여자의 멋짐 폭발

"와인 같이 마실 사람이 필요해서 결혼해야 하나 싶어."

언젠가 집에서 혼자 와인을 마시다가 이렇게 혼잣말을 했다. 혼자 한 병을 다 마시기엔 부담이 됐고, 남기기엔 맛이 변질될까 우려스러웠기 때문이다. '어차피 나 혼자 한 병을 못 마시는데 둘이 나눠 마시면 좋겠다.' '여러 명이 모여 다양한 와인을 마시며 비교해보면 좋겠다.' 하는 생각이 들었다.

결국 와인을 함께 마실 누군가를 찾게 됐고 와인 모임을 갈구하게 됐다. 그러나 정기적으로 와인을 함께 마실 만한 사람을 주위에서 찾기는 쉽지 않았다. 인터넷에서 와인 동호회를 검색해봤다. 각자 와인을 들고 참석하는 BYOB(Bring Your Own Bottle) 모임이 많았다. 지참 와인의 가격대도 정해져 있어서 자신의 주머니 사정에 맞춰 고를 수 있었다. 또는 '벙주(번개 주최자)'가 자신이 가져올 와인 리스트와 모임 장소를 정해놓고 회비를 책정해 '번개'를 치는 모임도 있었다.

그러나 처음 보는 사람들과 와인을 마시는 것은 어색함 등을 극복해야 하는 또 다른 수고가 필요했다. 어색할 땐 직업정신(이라고 부르고 직업병이라 읽는다.)을 발휘하면 된다. 잠깐 마가 뜨는 침묵의 시간도 견딜 수 없어 끊임없이 말을 하고, 질문을 하고, 쉬지 않고 리액션을 하는 것이 내 직업의 특징 아닌가. 그쯤이야 할 수 있겠다 싶었다.

결정적인 문제는 '남녀 성비'였다. 이런 모임들은 대체로 남녀의 성비를 맞추려고 했다. 참가 댓글에 성별을 써야 했고, 이에 맞춰 모집했다. 아니, 와인을 마시고 공부하는 데 대체 왜 성비가 중요하단말인가. 모임에서 자연스레 남녀가 눈이 맞는 것은 세상의 순리겠지만, 처음부터 남녀 성비를 맞추려고 하는 곳은 끌리지 않았다. 이런 모임은 와인을 마시고 공부하는 곳이 아니라 '정글'이 될 가능성이 커보였다. 와인이 아닌 숙취만 남고, 공부가 아닌 연애와 소문만 무성한. 어릴 때였으면 호기심에 한번 가봤을지도 모르겠지만 난 이제 이쯤은 안 가봐도 뻔히 아는 언니가 됐으니 말이다.

결국 온라인에서 와인 모임을 찾는 것은 포기했다. 이제 직접 찾아 나서는 수밖에 없다. 종종 와인 관련 강의를 들으러 다녔는데, 수업이 끝나면 뒤풀이 시간이 있었다. 와인을 좋아한다는 것 외에는 서로 이름도, 나이도, 직업도 모르는 사람들과 함께 와인을 마시며 이야기를 나눴다. 한 번에 다양한 종류의 와인을 마실 수 있어서 좋았고, 다른 사람들의 시음평을 듣는 것도 재밌었다. 개인적인 이야기는 한마디도 하지 않은 채 오직 와인 이야기만 몇 시간씩 할 수 있다는 것이 놀라웠다. 가끔은 그렇게 처음 본 사람들과 직장, 연애, 가족, 돈 같은 주제에서 벗어나 오직 내가 좋아하는 분야에 대한 이야기만 하는 것도 좋았다.

하지만 역시 이때쯤이면 '빌런'이 등장하기 마련. 빌런은 대체로(내 경험에만 의존하자면 100%) 남성이었고, 자신의 재력을 과시했다. 와인에 관한 이야기로 분위기가 무르익어갈 때쯤 빌런은 꼭 비싼 와인을 주문하거나, 자신이 챙겨 온 와인을 "도네이션한다."며 꺼낸다. 와인을 좋아하는 사람이라면 누구나 알 만한 비싼 와인이기에 사람들은 열광한다. 하지만 빌런의 도네이션은 나를 비롯한 다른 사람들의 와인을 초라하게 만드는 역효과도 있다. 다양한 와인을 마시고 싶어 모인 자리인데, 마치 비싼 와인을 얻어먹기 위해 나온 사람이 된 듯한 기분이 들기도 했다.

게다가 분위기를 주도하게 된 빌런은 자신이 무슨 일을 하며, 가져온 와인이 얼마나 대단한 것인지, 그동안 와인에 얼마나 많은 돈을 썼는지 등등 묻지도 않은 이야기를 계속한다. 하지만 그 나름대로 선의를 갖고 가져온 와인을 안 마셔볼 순 없을 터. 너도나도 "감사합니다."를 외치며 그의 이야기를 계속 들어줄 수밖에 없다. 그래, 거기까진 좋다. 어쨌든 덕분에 좋은 와인도 마셨으니까.

그런데 빌런은 꼭 그다음엔 부적절한 발언을 하고 만다. 재미없고 무례한 농담이나 성희롱성 발언 같은. 난 이런 분위기가 어색하고 불쾌했다. 처음 본 사람에게 비싼 와인을 얻어먹기 위해 무례함을 참아야 한다면, 마시지 않는 쪽을 택할 것이다.

하는 수 없이 내가 직접 모임을 만들기로 했다. 오직 여성으로만 구성된. 사람을 찾기 위해 '트레바리'라는 독서 모임에 들어갔다. 술 모임을 만들기 위해 독서 모임에 들어간 것이 우습겠지만 독서 모임 주제도 '음주 입문'이었으니 아예 무관한 것도 아니었다. 주류업계에 종사하는 클럽장의 지도 아래 스무 명의 독서 모임 멤버들이 다양한 술의 역사를 인문학적으로 고찰(?)하는 동안, 나는 와인 모임 멤버를 물색했다. 음주가 주제다 보니, 자연스레 와인을 좋아하는 사람들이 누군지도 알 수 있었고, 그들의 주량이나 성격도 예측할 수 있었다.

언제 모임을 만들 수 있을지 호심탐탐 노리던 중 드디어 기회가 왔다. '음주 입문' 독서 모임 멤버들이 다 함께 지리산으로 엠티를 가게 된 것이었다. 막걸리 양조장을 방문하고 지리산 돼지로 하몽을 만드는 체험을 하는 등 꽤나 학구적인 엠티였지만 역시나 모든 이의 목적은 술이었다. 그날 밤, 다들 밤새 많은 술을 마셨고 난 그 자리에서 멤버들을 확정했다. 와인을 좋아하고, 와인을 공부하고 싶어 하고, 비교해서 마셔보고 싶어 하고, 맛있는 음식도 좋아하고, 무엇보다 주량도 서로 비슷한 다섯 명이 추려졌다. 세 달 가까이 독서 모임을 통해서 이들이 어떤 사람인지 어렴풋이 아는 데다, 지리산에서 1박 2일간 함께 시간을 보내며 우리 여섯 명은 서로 잘 맞겠다는 생각이 들었다.

물론 오직 먹고 놀기 위한 모임이라도 운영방식은 중요했다. 모임은 한 달에 한 번, 회비를 모아 공동 예산으로 진행했다. 와인도 정가로 샀을 때와 할인 기간에 샀을 때 가격이 천차만별이기 때문에 각자 와인을 들고 오는 방식보다는 회비로 함께 와인을 고르고 사 오는 방식을 택한 것이다. 우리는 와인을 어디서 사야 최저가로 살 수 있는지 자주 토론했고, 할인 정보가 뜨면 매번 공유했다.

미리 고려해야 할 요소도 많았기 때문에 호스트 제도를 도입했다. 매달 한 사람이 호스트를 맡아 모임 장소, 와인 리스트, 이달의 테마 등 모든 것을 정하는 것이다. 멤버가 의견을 낼 순 있지만 호스트가 결정한 후에는 묻지도 따지지도 않고 따르기로 했다. 그런데 이 사람들, 모임에 너무 진심이었다. 무슨 사교 모임 준비를 회사에서 중요한 프로젝트를 맡은 사람들처럼 했다. 멤버들은 경쟁적으로(?) 재미난 테마를 내놨다. 덕분에 '생선회와 어울리는 와인은 무엇일까?'라는 주제로 6종의 와인을 비교해

서 마셔보기도 했고, '3만 원 이하 가성비 와인 특집'
이라거나 '이탈리아 와인 몰아 마시기' 등 다양한 주
제로 다양한 와인을 마실 수 있었다.

　와인을 좋아한다는 이유로 만난 여자 여섯 명의
모임이 만들어진 지 이제 곧 4주년이 된다. 그간 단
한 번도 빠짐없이(코로나 이후로는 여섯 명이 다 모이진
못하고 네 명 이하로 나눠 만났다.) 한 달에 한 번씩 만났
으니 내 기준에선 부모님보다 자주 만난 셈이다. 와
인이 내 인생에서 아주 중요하듯, 와인을 매달 함께
마시는 이들도 어느새 내 인생에서 중요한 부분을
차지하게 됐다. 음식과 와인을 함께 나누고 그 즐거
움을 아는 사람들과 이야기할 수 있다는 것이 얼마
나 감사한 일인가. 기쁨은 함께 나누면 배가 되듯이
와인도 함께 마시면 더욱 행복해지니까.

　참, 우리 모임의 이름은 '지리산 상여자'다. 지리
산에서 모임을 결성했고, 1인 1병 이상 와인을 마실
수 있는 주량을 가진 우리가 너무나도 '상여자' 같지
않은가?

여행을 가면 제일 먼저 하는 일

와인을 좋아하게 되면서 어떤 음식을 먹든 다른 술이 아닌 와인을 곁들이게 됐다. 대부분의 음식에 와인은 잘 어울렸고, 결과적으로 잘 어울리지 않았다 해도 도전해보았다는 자체에 의미를 뒀다. 의외로 잘 어울리는 조합을 발견했을 땐 기쁨이 배가 된 것도 물론이고. 그러나 모든 음식과 함께 소주, 맥주, 막걸리가 아닌 와인을 마신다는 것은 불행의 시작이기도 하다. 적어도 여행지에서만큼은.

나는 국외 여행만큼 국내 여행도 좋아하는 편이고, 특히 그 여행지에서만 먹을 수 있는 음식을 먹어보는 데 기쁨을 느낀다. 주로 오랜 전통을 지켜온 곳이나 지역의 특색을 잘 반영한 음식점을 찾아가곤 하는데, 문제는 이런 곳들은 와인 콜키지가 어렵다는 점이다. 와인잔이 구비돼 있지도 않을뿐더러 콜키지 비용에 관한 정책 자체가 없는 경우가 많다. 눈치 보면서 와인을 마시느니 아예 안 마시는 편이 낫다고 생각해서 와인을 과감히 포기해왔다. 그러나 와인 없이 맛있는 음식을 먹자니, 음식을 절반만 먹은 느낌이랄까. 온전히 즐기지 못한 느낌에 아쉬움이 남았다.

결국 최근 제주도 여행은 어떻게 해서든 와인을 마시겠다는 목표를 갖고 준비를 시작했다. 첫 번째 목표는 모슬포에 위치한 횟집이었다. 제철 생선을 코스로 내는 집이었는데, 내가 여행을 갔던 늦겨울엔 방어 코스가 준비되어 있었다. 먼저 식당에 전화해 와인을 들고 가도 되는지 허락을 받는 게 우선이었다. 떨리는 마음으로 전화를 걸었는데, 사장님은 너무나도 흔쾌히 괜찮다고 답해주셨다.

문제는 그다음이었다. 와인을 어떻게 제주도까지 들고 가지? 제주도에 가서 와인을 사는 방법도 있겠지만 내가 원하는 와인이 없을 수도 있고, 이미 내 셀러엔 와인이 많기 때문에 굳이 그러고 싶진 않았다. 다행히도 와인을 들고 국내선에 탑승하는 것은 문제가 되지 않았다. 아끼던 샴페인을 옷에 돌돌 말아 여행 캐리어에 넣었다. 가뜩이나 무거운 캐리어에 와인의 무게까지 더해 집에서 공항까지 지하철을 타고 가는 것은 꽤나 수고로운 일이었지만 방어와 샴페인을 같이 먹을 생각을 하니 그쯤은 아무렇지도 않았다.

제주도에 도착해서 차를 빌린 뒤 바로 근처 마

트로 달려갔다. 얼음이 필요했다. 샴페인의 온도를 차갑게 하기 위해서였다. 숙소엔 저녁 6시쯤 들어갈 예정이었고 숙소 근처에 위치한 식당은 6시 30분에 예약해두었으니! 숙소에 들러 샴페인을 냉장고에 넣을 시간은 없을뿐더러 체크인 시간이 되려면 한참 남았기 때문이었다. 얼음 3L를 사서 집에서 챙겨 온 큰 지퍼백에 담는다. 그리고 샴페인을 파묻어둔다. 몇 시간 지나면 마시기 좋은 시원한 온도로 맞춰질 것이다. 제주도에 도착하자마자 가장 먼저 하는 일이 이런 유난이라니…. 우습기도 했지만 미지근한 온도의 샴페인을 마시는 것보단 나았다.

이후 제주도의 바다를 맘껏 감상한 뒤 숙소로 돌아왔다. 이제는 잔을 챙길 차례. 잔은 리델의 스템리스 잔을 가져왔다. 캠핑용 와인잔으로 만들어져 충격에 강한 케이스까지 포함된 모델이었다. 덕분에 와인잔을 챙겨 오는 건 별다른 문제가 되지 않았다.

와인을 들고 가도 되는지 문의하기-와인잔과 와인 무사히 운반하기-얼음에 와인 파묻어 온도 맞추기-차를 숙소에 대놓고 식당으로 출발. 이런 번잡

스러운 과정을 거쳐 횟집에 도착했다. 애초에 콜키지 정책이랄 게 없는 횟집인데도 허락해준 것이라 미안한 마음에 맥주 한 병, 소주 한 병을 주문했다. 물론 마시진 않았다. 나와 친구는 방어 코스와 함께 샴페인을 즐겼다. 이제야 온전히 여행지에서의 맛을 누린 기분이었다. 와인을 마시기 위해 노력했던 번거로움 따윈 다 잊을 수 있을 만큼.

계산을 하려고 할 땐 더욱 감사한 일이 찾아왔다. 내가 콜키지 비용 대신 마시지도 않을 술을 주문한 것을 알게 된 사장님이 "마시지 않을 술을 일부러 계산할 필요도 없고, 앞으로 와인을 맘껏 가져와도 된다."고 친절히 말해주시는 것 아닌가! 이 경험 이후로 나는 더욱 용기를 얻게 됐고 다음 여행에서도 같은 과정을 거치리라 결심했다.

다음 여행지는 봄의 인천이었다. 인천의 수많은 노포 중국집 중 한 곳을 골랐다. 이번에도 먼저 전화로 와인을 들고 가도 되냐고 문의를 했고 괜찮다는 답변을 받았다. 와인잔 캐링백에 내가 아끼는 잘토 화이트 잔도 세 개나 챙겼다. 그런데 중국집에 들어서자마자 어쩐지 불안한 느낌이 엄습하기 시작했다.

테이블이 몇 개 없는 그 중국집엔 손님이 꽉 차 있었는데 와인과 캐링백을 들고 온 나를 모두가 쳐다보는 듯한 느낌이 들었다. 괜히 찔렸는지도 모른다. 그래서 음식을 주문할 때도 괜히 쭈뼛거리다가 마시지도 않을 맥주를 먼저 시킨 후 와인을 들고 왔다고 말씀드렸다. 그런데 사장님이 정색하며 "여기도 술 파는 곳인데 다른 술 갖고 오면 안 되죠. 그건 예의가 아니에요." 하는 것 아닌가. 전화로 된다고 하셨던 분은 남자 사장님이었고 서빙을 보는 분은 여자 사장님이었는데 두 사람의 답이 달랐던 것이다. 사장님은 "남편이 전화로 된다고 말했다고 하니 그냥 마셔요."라며 차갑게 말했다.

허락은 받았지만 도저히 와인을 꺼낼 수가 없었다. 차라리 마시지 말아야겠단 생각이 들던 찰나 옆 테이블을 보고 사장님이 왜 이렇게 정색했는지 알게 됐다. 그들은 위스키를 마시고 있었는데, 위스키잔은 물론 위스키용 동그란 얼음까지 챙겨온 터였다. 아, 내가 졌다. 나보다 더한 사람들이 이미 위스키를 가져와서 사장님의 심기를 불편하게 한 것 같았다.

그런데 나와 친구들까지 와인을 마시겠다고 하니 기분이 상했을 수밖에.

그제야 전화로 확인하고도 예의 없는 사람이 되어버린 억울함도 풀렸고, 사장님의 기분도 이해할 수 있었다. 옆 테이블과 눈이 마주치자 동시에 웃음이 터져버렸다. 말은 하지 않았지만 동지애도 느껴졌다. 그들도 우리도 빠른 속도로 술잔을 비워가며 음식을 먹어치웠다.

인천 중국집에서의 경험은 재미있는 에피소드 중 하나로 남았지만 아마 앞으로 또 다른 곳에 여행을 가도 비슷한 일이 생길지 모른다. 와인 콜키지 자체를 달가워하지 않는 곳도 많을 테고, 매번 잔을 들고 다니기도 불편하며, 와인의 온도를 맞추는 것도 쉽지 않은 일이다. 아빠는 물론이고 많은 친구들을 소주파에서 와인파로 만들기 위해 그토록 노력했건만 여행지에서만큼은 내가 소주파가 되고 싶은 심정이다. 나, 다시 돌아갈 수 있을까?

비록 주식 투자는 망했지만

무릎에서 사서 어깨에서 판다. 너무나도 당연하지만, 가장 어려운 투자의 진리 아닐까. 사실 난 '투자'라는 것에 별로 관심이 없었다. 일단 투자를 할 만큼의 돈도 없었거니와 "주식으로 돈 벌려는 건 도둑놈 심보다."라는 부모님의 철칙 아래 예적금밖에 모르고 살아온 바보였기 때문이다. 월급을 받으면 일정 금액을 적금 통장에 자동이체했고, 적금이 만기되면 다시 예금 통장에 넣는 방식으로 돈을 모아 왔다.

그러나 이런 나도 '동학 개미'의 흐름에는 올라타지 않을 수 없었다. 2020년 하반기, 먹고 마시는 이야기가 주를 이루던 친구들의 단톡방에도 주식 이야기가 등장했다. 우리도 이제 이런 이야기를 하는 나이가 됐구나 정도로 흘려들을 만한 것이 아니었다. 친구들은 자주 삼성전자 주식으로 얼마를 벌었다는 말을 했다. 몇 달 전엔 5만 원이었는데 지금은 8만 원이다, 그때 팔지 말고 더 둘걸, 그때 더 많이 살걸 등등. (이런 걸 두고 '걸'만 반복하는 '걸무새'라고 한다.) 후회와 약간의 자랑이 섞여 있었다. 친구들의 말에 따르면 주식을 하지 않는 사람이 바보였다. 나는 더 이상은 바보가 되지 않기로 결심했다. 나는 그제야 주식시장에 올라탔다.

처음엔 눈만 뜨면 내가 보유한 주식의 가격이 올라 있었다. 더 많이 살걸, 더 쌀 때 살걸. 장이 열리는 9시가 기다려졌다. 소액으로 공부 삼아 해보겠다고 했지만 어느새 시드 금액이 점점 늘었다. 적금에 들어갈 금액을 절반으로 줄였다가, 적금은 아예 들지 말까 싶기도 했다. 급기야 적금은 마지막 보루로 딱 하나만 남겨놓고 나머진 주식에 쏟아부었다.

삼성전자 주식은 정말 끝도 없이 올라갔다. '9만 전자' 심지어 '10만 전자'가 될 거라는 예측도 나왔다. 그날은 삼성전자 주식이 역대 최고가를 찍은 날이었다. 마음이 급했다. 이제 영원히 떨어지지 않을 것 같았다. 내일이면 9만 원이 되어서 살 수 없을지도 모른다는 생각에 초조했다. 여기저기 흩어져 있는 시드를 긁어모아 삼성전자에 몰빵했다.

어떻게 됐냐고? 다음부터 이어질 이야기는 모두가 예상할 그런 이야기다. 나는 역사상 최고가에 가까운 금액에 삼성전자 주식을 산 것이다. 그전에 좀 더 저렴하게 산 것도 있어 평균 매입 단가는 아주 조금 내려갔지만, 그래도 워낙 고가에 사서 소용이 없었다. 그때부터 삼성전자 주식은 조금씩 조금씩 떨어지기 시작했다. 10만 전자는 커녕 9만 전자라는 말도 쏙 들어갔다. 심지어 지금은 7만 원대도 무너져 61,000원이다. 삼성전자뿐 아니라 우량주라고 믿었던 주식들도 다 떨어졌다.

언젠가 내가 주식 이야기를 하자, 회사 선배가 내게 그랬다. "네가 주식을 할 정도면 이제 주식은 돈 안 된다고 봐야 해." 세상 모든 걸 다 아는 척하지만 가장 세상 물정 모르는 기자가 할 정도면 전 국민이 다 하는 거고, 돈이 안 된다는 의미라는 거다. 정말 선배 말이 맞았던 걸까. 내가 너무 쉽게 생각했던 걸까. 최후의 보루로 남겨놓았던 적금의 이율은 2%, 적금보단 낫겠지 하는 마음으로 시작했던 주식은 -20%. 나 같은 똥손에게는 차라리 적금이 나았던 것이다.

결국 난 주식을 포기했다. 언젠가 오르겠지 하는 마음으로 팔지도 않았고, 더 사지도 않았다. 가히 최악의 투자 방법이라고 할 수 있다. 오를 걸 기대하면 많이 떨어진 지금 더 사는 게 맞다. 떨어질까 봐 무서워서 더 못 사는 거면 지금 갖고 있는 거라도 하루빨리 파는 게 맞다. 하지만 아무것도 하지 않고 있다. 이러니까 내가 안 되는 거다.

주식이라고 하면 지긋지긋한 사람도 많을 텐데, 돈 번 이야기도 아니고 돈 잃은 뼈아픈 이야기를 지금 왜 하느냐고 묻는다면 엉뚱하게 주식의 진리를 와인에 적용하고 싶어서다. 올랐다가 내렸다가 하는 것이 주식이거늘, 와인값은 오르면 올랐지 떨어지진 않는다. 발품을 팔아 조금 싸게 구할 순 있을지언정 10만 원 하던 와인이 하루아침에 5만 원이 되진 않는다. 반면 5만 원이던 와인이 어느새 10만 원이 되기도 한다.

각종 호재들이 주가를 오르게 하듯 와인평론가의 점수, 빈티지 차트의 점수, 인플루언서의 픽 등이 와인 가격을 올린다. 그해의 작황도 마찬가지다. 작황이 좋지 않으면 생산되는 와인의 양이 적고 원하는 사람은 많으니 가격은 올라간다. 결정적으로 대부분의 와이너리는 시음 적기의 와인을 팔지 않는다. 원하면 와인을 구매해서 셀러에 두고 숙성하라는 식이다.

　지난해, 와인 모임에서 '사시카이아'를 마셨다. 언젠가는 꼭 마셔보고 싶은 와인이었다. 그러나 맛이 없었다. 2020년에 구할 수 있는 2017년산을 사서 바로 마신 것이다. 장기 숙성이 가능한 와인인데, 너무 일찍 따버린 것이었다. 만화 『신의 물방울』의 표현을 빌리자면, '영아 살해'를 한 격이었다. 10년 전에 사시카이아를 사둘걸, 이제 와 후회해봐도 소용없었다. 10년 전엔 사시카이아를 살 능력도 없었고, 아니 그보다 사시카이아가 뭔지도 몰랐으며, 이렇게 비싼 와인이 될지는 더더욱 몰랐으므로. 내가 얻은 교훈은 와인의 시음 적기의 중요성이었다. 사는 족족 마시느라 바빴던 과거의 나를 원망할 수밖에 없으니 지금이라도 와인을 사두자고 결심했다. 10년 후 아니, 최소 5년 후의 나를 위해.

　그리하여 요즘 내가 관심을 두고 있는 종목은 빈티지 샴페인이다. 그중에서도 그레이트 빈티지로 불리는 2002, 2008, 2012년 빈티지 샴페인을 구하는 중이다. 시음 적기를 맞은 2002년산 샴페인은 현재 구할 순 있지만 흔치는 않다. 2008년산 샴페인이 지난해부터 많이 나오기 시작했고, 간혹 2012년산도 보인다. 특히 2008년산 샴페인이 그리 맛있다고 하니 몇 년 후의 나를 위해 미리 사두는 거다. 몇 년 후에 가격은 더 오를 테고, 가격과 상관없이 애초에 구할 수조차 없을 가능성이 높으니까.

그렇다고 눈에 보이는 족족 사진 않는다. 와인 또한 주식과 같아서 타이밍이 중요하다. 한 2008년산 샴페인의 경우 청담동의 A 와인숍에 문의했을 때 38만 원이었다. 너무 비싸 포기하려고 했는데 자양동의 B 와인숍에선 다른 샴페인과 함께 세트로 묶어 52만 원에 팔았다. 나쁘지 않은 가격이었지만 이 샴페인을 사기 위해서 원하지 않는 다른 샴페인까지 사고 싶진 않았다. 그렇게 몇 달을 기다리다 얼마 전 31만 원에 판매하는 곳을 발견했다. 여긴 온누리상품권도 사용할 수 있는 곳이라 10% 할인까지 받았다. 역시 주식이든 와인이든 때를 기다리면 조금이라도 싸게 살 수 있다. 이제 나에겐 아주 큰 셀러도 있으니 몇 년간 보관은 충분하겠지. 그사이에 샴페인을 따고 싶은 충동만 잘 물리친다면.

무릎에서 사서 어깨에서 판다. 이 원칙을 와인에 적용해보자. 5년 후, 10년 후 또는 그 이상을 내다본다면 부르고뉴나 보르도, 샴페인, 바롤로, BDM, 슈퍼 투스칸 같은 와인은 절대 떨어지지 않을 우량주일 거다. 이 중 그레이트 빈티지의 와인은 대장주임에 틀림없다. 시간이 지나면 값으로 매길 수도 없을 만큼 그 가치가 올라갈 것이 분명하므로. 그러므로 나는 지금 가치 투자를 하고 있는 셈이다.

비록 주식의 앞날은 예측하지 못했으나, 와인 투자 결과는 불 보듯 뻔하다. 무릎에서 사서 어깨에서 팔 게 아니라 전부 다 내가 마실 거니까. 몇 년 후에 가격이 오르지 않는다고 해도 상관없다. 난 지금도 집에 가득 쟁여놓은 와인들을 보며 매일 행복해하고 있고, 실제로 마시게 될 날을 고대하고 있으니까. 그 행복감만으로도 이미 엄청난 수익을 낸 거 아닐까? 정신승리라고 하신다면 딱히 할 말은 없습니다만.

일 돌체 파 니엔테!

"많은 사람이 좋아할 맛있는 와인 좀 골라줘요. 대신 가격은 저렴한 걸로."

최근 송년회를 겸한 회식 자리, 선배의 요청을 듣고 위기에 처했다. 그 자리엔 열 명도 넘게 있었고, 그들은 기대에 가득 찬 눈으로 나를 바라봤다. 한두 명도 아니고 열 명이 넘는 인원이 맛있게 마실 수 있는 와인을 고르는 것만으로도 어려운데, 가격도 저렴해야 한다니? 아니, 이게 무슨 따뜻한 아이스 아메리카노 같은 소리야? 세상에 그런 와인이 있긴 할까. 그런 와인을 추천할 능력이 있다면 나는 여기 있지 않았겠지. 이렇게 대답하고 싶었지만 나는 닳고 닳은 사회인 N년 차! 억지 미소를 띠며 대답했다. "얼른 골라보겠습니다!" 사내에서 '와인 좋아하는 애'로 불리는 마당에, 불가능한 미션을 멋지게 해결해보고 싶은 마음도 없지 않았다.

빠른 속도로 와인 리스트에 적힌 와인의 가격을 눈으로 훑은 뒤, 비장의 카드를 꺼냈다.

"이 와인은 『신의 물방울』에서 주인공이 마신 후 퀸의 〈보헤미안 랩소디〉가 들린다고 한 와인인데, 한번 드셔보시죠."

여기서 중요한 건 사람들의 주목도다. 누구나 한 번쯤 들어봤을 법한 만화『신의 물방울』로 관심을 끈 뒤, 퀸과 〈보헤미안 랩소디〉까지 나오면 와인을 좋아하지 않는 사람조차도 한번 마셔보자고 하면서 관심을 갖게 되기 마련.

그렇게 관심을 끈 이후엔 어떻게 됐냐고? 몇몇 사람은 "〈보헤미안 랩소디〉 안 들리는데?"라고 불평을 했다. 그래도 처음부터 와인 산지가 어디고 품종이 무엇이고 바디감이 어떻고 같은 설명보다는 『신의 물방울』이나 〈보헤미안 랩소디〉 같은 키워드로 와인을 소개하는 것이 그 와인에 대한 호감도를 높이는 데 효과적이라는 것은 확실했다. 그리고 당연히 그 어떤 와인을 마셔도 〈보헤미안 랩소디〉가 들릴 리는 없다.

열 명이 넘는 인원이 있었으니 한 병으로 끝날 리 없지. 이번엔 여러 병을 주문해 달란다. 역시나 많은 사람이 좋아할 만한 맛있고 저렴한 와인으로. 이렇게 여러 병을 주문할 때는 '당신이 뭘 좋아할지 몰라서 종류별로 다 준비했어' 전략을 취한다. 달콤

한 스파클링, 오크 풍미가 강한 레드, 산미를 느낄 수 있는 상큼한 화이트 등을 준비하면 그중 하나는 상대의 취향에 맞을지도 모른다.

또 와인의 맛을 비교해보는 코너도 진행해봤다. 가벼운 바디의 피노누아 품종과 찐득한 풀바디의 시라즈 품종을 준비하고, 각각 비교하면서 마셔보라고 하는 거다. 두 품종은 와인을 즐겨 마시지 않는 사람도 쉽게 그 차이를 느낄 수 있을 만큼 확연히 다르기 때문에 최소한 "와인이 다 똑같지, 뭐." 같은 말은 안 나온다.

『신의 물방울』에 나온 와인으로 관심을 끌고 스파클링, 레드, 화이트 등 종류별로 구색을 맞추고, 각각 다른 와인 품종을 준비해 그 맛을 비교하기까지…. 하아, 할 만큼 다 했다. 와인을 좋아한다는 이미지가 생기면 각종 회식 자리에서 이런 역할을 하게 되는 것은 숙명이다! 그러니 여러분, 어쩌면 와인은 회사 밖에서 몰래 좋아하는 것이 나을지도 모릅니다. 물론 나 같은 오지라퍼는 이 또한 즐기고 있지만 말이다.

사실 많은 사람이 모이는 회식 자리에서 모두의 취향에 맞는 와인을 찾는 건 불가능에 가깝다. 그럴 땐 유명인의 권위에 기대는 것도 괜찮다. 2015년, 이재용 삼성전자 부회장•은 신임 임원 만찬 자리에 '이기갈 지공다스'라는 와인을 골랐는데, 이후 '이재용 와인'으로 유명세를 타게 됐다. 일단 '이재용 와인'이라고 하면, 사람들의 주목도가 높아진다. 또 이 와인은 입학, 취업, 승진 축하주로 알려져 있기 때문에 새해를 앞둔 시점에도 알맞은 데다, 5만 원 이하에서 쉽게 구할 수 있기에 회식 예산 안에서도 크게 무리가 되지 않는다.

유명인이나 연예인이라고 해서 꼭 비싼 와인만 마시는 것도 아니다. 방탄소년단 멤버 정국이 마셔서 유명해진 와인 '우마니 론끼 비고르'와 장동건이 좋아한다는 와인 '롱그독 루즈'는 2만 원대다. 정국과 장동건이라는 이름만으로도 사람들은 눈을 반짝일 터인데, 가격까지 알고 나면 더욱 기뻐할 게 틀림없다.

• 2022년 10월, 회장으로 취임했다.

한 해를 보내고 새해를 맞이하는 시점인 만큼 이름에 의미가 담긴 와인을 준비하는 것도 좋다. '장고(장동건 고소영) 커플'의 결혼식을 빛낸 와인으로도 유명한 '파 니엔테 샤르도네.' 이 와인이 생산되는 파 니엔테 와이너리 이름은 이탈리아어로 '아무 걱정 없이' 혹은 '아무것도 하지 않는 달콤함'이라는 의미를 지닌 '일 돌체 파 니엔테(Il Dolce Far Niente)'에서 따왔다. 우리 모두 함께 "일 돌체 파 니엔테!"를 외치며 새해를 맞이하면 어떨까. 그야말로 아무 걱정 없이 와인을 마실 수 있는 한 해가 되기를 바라며.

저도 있습니다, 자격증

2018년 12월 어느 날. 내가 당시 속했던 《한겨레》 토요판 팀은 새로운 연재 코너에 대한 회의를 하고 있었다. 재테크, 식물 가꾸기 등 1인 가구의 삶에 대한 여러 아이디어가 나온 가운데, 나는 조심스럽게 말을 꺼냈다.

"와인에 대한 글을 써보면 어떨까요?"

당시 데스크였던 선배는 "와인 좋지. 그런데 누구를 필자로 할 건데?"라고 되물었고, 나는 "저요!" 하며 손을 번쩍 들었다. 선배는 "이 세상에 와인 전문가가 얼마나 많은데, 괜찮을까?" 하고 걱정했다.

나는 목소리를 높였다. 내 평생 그렇게 의욕적인 때가 있었나 싶었을 정도로. "고양이를 키우는 이야기를 쓰는 데 반려동물 자격증이 필요한 것도 아니고, 비혼으로서의 삶에 관한 글을 썼다고 해서 그 뒤에 결혼을 하면 안 되는 것도 아니잖아요? (당시 그 지면엔 고양이를 키우는 집사의 이야기와 비혼의 삶에 대한 이야기가 연재되고 있었다.) 왜 유독 와인은 전문가가 써야 한다고 생각할까요? 그렇게 와인을 어렵게 접근하는 편견을 바꾸고 싶어요. 제가 전문가는 아니지만 와인을 '덕질'하는 수준으로 좋아합니다."

그리고 나는 심호흡을 한 번 크게 한 뒤, 회심의 한마디를 던졌다.

"그리고 와인 관련 자격증, 저도 있습니다."

선배는 정말 와인 관련 자격증이 있냐며, 언제 그런 자격증을 땄냐며 놀란 표정을 지었다. 선배에겐 와인에 대한 글을 쓰기 위해 이 모든 것을 미리 준비해둔 것처럼 들렸겠지만 누가 인생을 그렇게 앞날을 예측하며 살겠는가. 난 그저 와인을 조금 더 맛있게 마시기 위해 자격증을 딴 것뿐이었다.

내가 가진 와인 자격증은 WSET(Wine & Spirit Education Trust)였다. WSET는 1969년 영국에서 설립된 국제 와인 전문 교육·전문가 인증기관이다. WSET 국제 와인 자격증은 와인 지식 측정과 관련해서는 권위를 인정받는 편이라 와인 업계 종사자들도 대체로 이 자격증을 갖고 있다. 국내에선 'WSA 아카데미'와 '와인비전'이 WSET 교육 과정을 운영하고 시험도 주관하는데, 나도 이 중 한 곳을 골라 등록했다. 그동안 와인에 대한 다양한 강의를 들었고, 시음회에도 참석하고, 관련 책도 읽으며 나름대로는 '공부'를 해왔지만 좀 더 전문적으로 배워보고 싶다는 갈증이 있었다.

교육 과정은 입문, 중급, 고급이 있었다. '입문'은 와인 관련 기초적인 지식을 가르친다. '중급'은 포도 품종 위주로 짜여 있고, '고급'은 와인 산지별로 좀 더 자세하고 심화된 내용을 다루는 식이었다. 자신의 수준에 맞는 교육 과정을 골라 들으면 된다.

나는 '중급' 레벨을 선택했다. 수업 내내 거듭 강조되는 것은 '기후'였다. 같은 포도 품종이라도 기후에 따라 산도와 당도가 다르다는 것이었다. 서늘한 기후에 비해 따뜻하고 더운 기후일수록 산도는 낮아지고, 당도와 알코올 도수는 높아진다고 했다. 그래서 와인 산지의 기후만 알아도 어느 정도는 맛을 예측할 수 있단다. 대표적인 포도 품종을 비롯해 다양한 품종의 산지와 특징을 배우고 시음주를 마셨다. 와인 초보들이 가장 어려워하는 와인 등급 체계, 와인 라벨 읽는 방법도 배웠다. 어느 정도 아는 내용도 있었고 새로운 내용도 물론 있었지만, 가장 좋았던 건 듬성듬성 알고 있던 내용이 체계적으로 정리된다는 점이었다.

수업을 듣고 나서 비비노 앱을 뒤져 예전에 내가 남긴 기록을 읽어보니 당시에 왜 그렇게 느꼈는지도 알 수 있었다. 예를 들어, 게부르츠트라미너 품종의 와인을 마시고 "열대과일 향이 난다."고 적어뒀었는데, 수업을 들으니 실제로 리치, 망고 같은 열대과일 향이 나는 것이 이 품종의 특징이라고 했다. 훗. 이토록 정확한 나의 후각이라니!

모든 수업을 다 듣고 WSET 시험을 보러 갔다. 시간을 내 따로 공부하지는 못했다. 그동안 마셔본 와인이 얼마나 많은데 나의 뇌와 입이 기억해줄 것이라 믿는 수밖에 없었다. 시험 문제는 이런 식으로 나왔다.

다음 중 호주 바로사 와인 생산에 많이 이용되는 품종은?
① 그루나슈 ② 피노누아 ③ 진판델 ④ 시라즈

평소에 마셔보지 않은 와인이라면 외워야 할 부분이겠지만 나는 평소 호주 바로사 지역의 와인을 많이 마셨기 때문에 고민할 필요 없이 답은 '시라즈'였다. 와인 양조 방법, 음식과 페어링 방법, 보관과 서비스 방법도 시험에 나왔다. 한 달 후, 결과는 '최우수 합격'이었다.

취미에도 자격증이 필요할까. 무언가를 좋아하는 데 자격 같은 건 필요 없다. 다만 이 과정에서 얻은 지식이 와인을 좀 더 다양하고 좀 더 재밌게 즐길 수 있게 해준 건 분명했다. 게다가 자격증이 있다는 것만으로도 와인에 대한 글을 쓸 '자격'이 생겼다. 내가 얼마나 와인을 사랑하고 자주 마시는지 구구절절한 설명보다 자격증이 있다는 사실이 선배에겐 더 설득력 있었으므로.

선배는 "한 코너를 연재하려면 아이템이 최소한 열 개는 있어야 한다. 기획안을 만들어 오라."고 했다. 며칠 뒤 나는 A4 용지 세 장을 가득 채워 열두 개의 아이템을 들고 갔다. 나의 넘치는 의욕을 말릴 수 없겠다는 표정으로 선배는 그저 씨익 웃었다.

그렇게 2019년 1월 첫 연재를 시작했다. 코너명은 〈신지민의 찌질한 와인〉이었다. 와인 하면 떠올리는 고급스럽고 어렵다는 이미지에서 벗어나고 싶어서 '찌질한'이라는 수식어가 들어갔다. 내 이름을 단 코너가 생기다니, 그것도 와인에 관한 글이라니, 좋아하는 걸 일로도 할 수 있다니! 감격스러웠다. 잘못된 정보를 전달하지 않기 위해 더 많이 찾아보고, 맛있는 와인과 음식의 조합을 소개하기 위해 더 많이 먹고 마시는 나날을 보냈다.

하지만 와인 덕질을 글을 쓰는 일로 연결시키는 것은 쉽지 않았다. 토요판 팀에 속해 있을 때는 그나마 내 업무 중 하나로 취급됐지만, 다른 팀으로 옮겨 간 이후엔 '가욋일' 취급을 받았다. (월급을 더 받는 것도 아니었다.) 퇴근한 뒤에나 주말에 글을 쓸 수밖에 없었다. 연재를 그만두는 방법도 있었지만 쓰고 싶은 내용이 너무 많아서 계속 썼다. 세상 사람들, 와인이 이렇게 맛있고 재밌답니다! 오직 이걸 알리고 싶어서 업무로 인정받지 못해도 계속 썼다. 그렇게 순수하게 쓴 글에 "광고 기사네요!"라는 댓글이 달리면 속상하기도 했다. 정말로 광고가 들어온 적이나 있으면 억울하진 않을 텐데!

무엇보다도 타깃 독자층이 고민이었다. 입문자

를 위한 내용만 쓰면 '다 아는 내용을 쓰고 있네.'라고 할 것 같고, 너무 전문적인 내용으로 쓰면 '이러니까 와인이 어렵지.'라며 아예 읽지도 않을 듯했다. 그러다 문득 나야말로 와인을 마시는 데 자격과 수준을 따지고 있다는 것을 깨달았다. 그때부턴 그 누구라도 내 글을 읽고 그저 와인을 마시고 싶다는 생각이 들기를, 그런 마음으로 썼다. 칼럼을 읽고 파전에 막걸리 대신 스파클링 와인을 마셨다거나, 과메기에 소비뇽 블랑을 마셨다는 독자 피드백이 올 때마다 내 목적은 달성한 셈이었다.

"이제는 와인을 좋아하는 마음으로 책까지 내게 되었어요, 선배!"

감격스러운 한편, 또 이 책을 통해 어떤 사람들이 와인의 세계에 발을 들이게 될지 사뭇 설레기도 하다. 이제 책장을 덮고 와인 코너로 달려갈 분들에게 작은 즐거움이 된다면 좋겠다. 각자 자신만의 와인 취향을 발견하고 음식과의 궁합을 찾아나가는 기쁨을 만끽하기를!

021 와인

방법은 모르지만
돈을 많이 벌 예정

1판 1쇄 찍음 2022년 12월 5일   지은이 신지민
1판 1쇄 펴냄 2022년 12월 12일

편집 김지향 김수연 정예슬
교정교열 안강휘
디자인 박연미
일러스트 키미앤일이
미술 이미화 김낙훈 한나은 이민지
마케팅 정대용 허진호 김채훈 홍수현 이지원 이지혜 이호정
홍보 이시윤 윤영우
저작권 남유선 김다정 송지영
제작 임지헌 김한수 임수아
관리 박경희 김도희 김지현

펴낸이 박상준
펴낸곳 세미콜론
출판등록 1997. 3. 24. (제16-1444호)
06027 서울특별시 강남구 도산대로1길 62
대표전화 515-2000
팩시밀리 515-2007
편집부 517-4263
팩시밀리 515-2329

ISBN
979-11-92107-77-6 03810

세미콜론은 민음사 출판그룹의
만화·예술·라이프스타일 브랜드입니다.
www.semicolon.co.kr

트위터 semicolon_books
인스타그램 semicolon.books
페이스북 SemicolonBooks
유튜브 세미콜론TV